さよならに反する現象

違背再見的現象

乙一

高詹燦一譯

很想誇獎一下
這二十五年來都沒有放棄的自己

本書是我作家生活第二十五週年出版的短篇集。當初在小說投稿比賽中得獎時，我沒想到自己能持續當這麼多年的小說家。那時候的我才不過十幾歲，而且有自覺，在比賽中得獎的作品，只是一時興起下所寫成。一定很快就會腸枯思竭，再也不想寫小說。

老實說，以作家的身分出道後，我也不懂該怎麼寫小說，有一段時間陷入苦戰。寫了一篇又一篇，但都被負責的編輯退稿。我不知道自己能寫怎樣的小說、想寫怎樣的小說，完全看不到未來。編輯部期待我能寫驚悚小說，因為當時日本出版界正值驚悚小說的熱潮。《七夜怪談》和《寄生都市》都是暢銷書，我猜想，出版社應該是正好在找尋驚悚小說作家吧。而我就在那樣的時機下，以微帶驚悚口味的小說參加小說投稿比賽。編輯部或許是心想「這樣不是正剛好嗎，就讓這小子出道吧」，如果是這樣，那我真的很走運。

後來花了好幾年的時間，我一點一滴在小說的寫作上下工夫，被負責的編輯退稿的情況愈來愈少。因寫不出驚悚小說而心情不好的那段時期，我索性試著寫感人的故事，結果寫得意外順手，連我自己都很吃驚。之後我分成驚悚類作品與溫馨類作品這兩條不同的路線，分別寫作。這二十五年來，我一直筆耕不輟，沒有放棄，很想誇獎一下這樣的自己。

本書收錄的作品，很多都刊登在怪談雜誌《怪與幽》上，幾乎都是驚悚類的作品。只有〈冷靜偵探阿松・Returns〉算是異色作品，這是以動畫《阿松》當特輯的雜誌委託我，而特別寫的二次創作小說。

說到二次創作，十多年前我曾經到臺灣旅行，參觀一場同人誌販售會的活動。滿桌的同人誌插畫與日本作品的風格幾乎一模一樣，令我大感驚訝。照理說不同國家在漫畫的風格和表現上會有所不同吧，但我卻感覺不出這種差異感存在，從中深深感受到臺灣與日本文化間極高的親近性，明白雙方呼吸著同樣文化的空氣。

當時的臺灣之旅，是由臺灣出版社人員負責旅遊的接待。我參觀了各個名勝古蹟、逛夜市、品嚐名店的小籠包。坐在計程車裡，隔著車窗看到大陣仗的軍用車輛一次好幾輛相連而行。同車的人說「也許是因為選舉近了，要提防有恐怖行動」。

那趟臺灣之旅，除了我之外，還有另一名日本作家同行。他說一早到臺北街頭散步時，「被野狗追，差點就被咬了」。這種都市會有野狗？我半信半疑地聽他描述此事，但到底情況是怎樣呢？臺北也有野狗嗎？前不久我才寫了《流浪犬伊奇》這本小說，主角是生活在大都市裡的一隻流浪狗。在執筆時，我多次回想起當時的這段小插曲。

在海的另一頭有人看我的小說，真的是很開心的一件事。往後我還有幾年能靠寫小說過日子呢？還能在世上留下多少故事呢？拿起這本書閱讀的各位，真的很謝謝你們。今後我也希望能繼續寫下去。

乙一

二〇二三年十月二十一日
於四十五歲生日這天

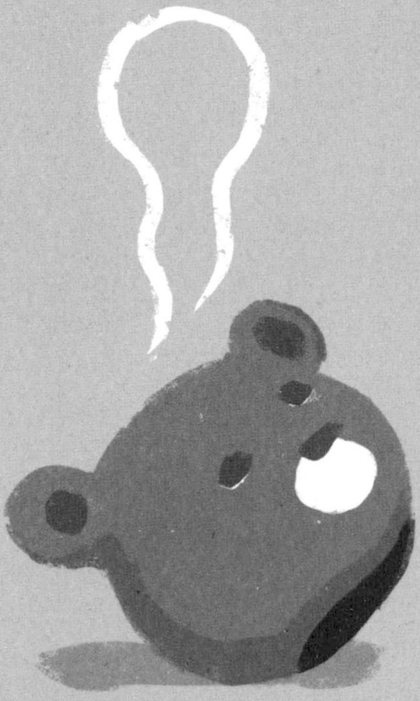

Otsuichi

SAYONARA NI HANSURU GENSHO

目次

★

然後變成熊熊

★

1

我因為業績不佳，被工作了二十年的公司解僱。我沒辦法開口告訴家人，就這樣假裝出門上班，四處求職。我在速食店內製作履歷表和職務經歷介紹，前往各種公司應徵，但都鎩羽而歸。

因為這個緣故，我現在套上熊布偶裝，發氣球給幼童。是個時薪不到一千圓日幣的打工工作，但總比什麼都不做來得強。

喏，給你，是氣球哦。

你帶回家吧。

不用客氣哦。

我沒出聲。我是那種不會說話的熊，藉由比手畫腳與幼童溝通。

我身上穿的布偶裝，是頭和身體分開的那種，體毛是褐色的。微笑的嘴巴，裡面有個小洞，當我套上熊頭時，能從那個小洞窺望外面的世界。但我的視野範圍很小，只看得見前方些許的角度，而且布偶裝內部會蓄熱，相當悶熱。

一位女性活動工作人員在一旁準備好已注入氦氣的氣球，遞了一顆給我。雖然我這是套了布偶裝的手，但好歹還是能握住氣球繩。我朝向我靠近的幼童遞出氣球，幼童拿到氣球後露出開朗的神情，跑回父母身邊。我覺得自己好像做了什麼好事，也跟著感到開心。

也有幼童會抱住熊熊的大腿，眼中閃動光輝，開心地笑著，緊緊勾住我的手臂。我心想，布偶裝裡頭是個四十多歲，慘遭解僱，沒半項優點的大叔，真是抱歉。然而，被公司否定的我，只有在這一刻覺得這世界接納了我，為我內心帶來莫大的救贖。

想要紅色氣球嗎？

還是要這顆藍色氣球？

想一起拍照是嗎？

請請請，沒關係的。

替我介紹這個打工工作的，是知道我實情的前公司同事。他的親戚從事活動布偶裝出租的工作，之前都只出租布偶裝，裡頭的操偶師是由辦活動的工作人員擔任。但要找人扮布偶不是件簡單的事，因此轉為自己安排套布偶裝的工作人員。那就是我，我開著載有布偶裝的迷你廂型車趕往活動會場，聽取各種說明後，接著扮成熊熊，展開活動。附帶一提，準備氣球和氦氣算是選購項目，我們也會承接。

在民眾常會帶著一家大小聚集的假日，工作上門的情況特別多。因此，我得跟家人說謊。我一本正經地解釋道「難得的假日，卻因為後輩捅了漏子，非得去公司處理不可」。我穿上西裝，打好領帶，接著離開家門。搭上電車，通過原本公司所在的那一站，前往出租布偶裝的事務所。

妻子凜子從沒向我抱怨或是挖苦，反而還會對我說「假日竟然還為了工作的事叫你去公司」，出言安慰我。凜子是個很有包容性的女人，而且還是個配上我有點可惜的大美人。我懷著一顆對她感到歉疚的心，化身成熊。

小弟弟，不用客氣。

就算是小學生，也會想要氣球對吧？

看到浮在空中的氣球，很開心對吧？

有種想哭的感動對吧？

儘管拿氣球回去吧。

我也曾在站前廣場扮演熊熊，向人發送傳單。那是為了拯救因沒有飼主而被送進保健所的貓狗，所舉辦的慈善活動。既是這樣，套上貓或狗的布偶裝應該會比較適合活動走向，但很遺憾，我們的貓狗布偶裝正好出借中。

郊外的大型超市舉辦抽獎活動，為了炒熱活動氣氛，我套上熊熊的布偶裝前往助陣。當來客抽中高額獎品時，我像彈簧般挺起全身，奮力躍起，用來表現恭喜之意。當天晚上，已年過四十，運動量不足的我，渾身痠痛。

氣球真好，自由自在。
喏，這位小妹妹也來一顆吧。
別害羞，儘管拿去吧。
那位小弟弟，不用急。
氣球還很多哦。

那是某個星期天發生的事，我以熊熊的樣貌在樣品屋展示場工作。在寬廣的占地上，由多家建設公司建造，擁有最新設備的樣品屋林立。蓋這些房子的用意，是向接下來有購屋打算的人們宣傳「我們蓋了這樣的房子哦」。那設備完善的住宅區光景，美得過火，反而沒有真實感，就像在八〇年代的美國電影中登場的新興住宅區，但我並不討厭這樣的景致。

我從布偶裝嘴巴內的開口望向外界。這些攜家帶眷的人們，今後打算蓋一棟自己夢想中的獨棟房，臉上露出開朗的神情走在路上。躲在熊熊布偶裝內的我，真的很羨慕他們。他們一定都已通過貸款審核，或者是有把握能通過審查，才造訪這處樣品屋展示場。相較之下，我住的是便宜的出租公寓，而現在慘遭解僱的我，根本無法想像自己有買下獨棟房的一天。我差點為此嘆氣，但為我排憂解悶的，是聚在熊熊布偶裝身旁的幼童們。我大動作地揮動手腳，一面展現出逗趣的氣氛，一面讓幼童的小手握緊發送的氣球。

你為什麼在哭呢？
因為不小心鬆手，氣球飛了？
沒關係，不用哭。
喏，我再給你一顆。
就算曾經失去，但幸福還是會再回來的。
人生就是這樣，要牢牢記住。
好了，排在後面的孩子，請到我這邊來……
我發氣球……

我一看到走向前的少年，頓時停止動作。

這氣球……請……

這氣球……請……帶回家……

那是一位年約五歲的少年，兩頰像蘋果一樣紅通通，鼻子下還微微掛著透明的鼻水。這位少年的長相好熟悉，長得好像我兒子理一郎。不，這張臉是理一郎沒錯。

我兒子沒發現我就是爸爸，想向熊熊布偶要氣球。那位女性活動工作人員將氣球繩遞到我毛茸茸的手中，但我因為心不在焉，不自主地鬆手，氣球就此朝藍天飛去。

「啊……」

那位女性工作人員抬頭望著遠去的氣球說道：

「別在意，熊熊先生！」

她從事先灌好氦氣的大量氣球中，又拿起一顆氣球遞給我。這次我沒再鬆手，將氣球遞給了理一郎。

理一郎直到最後都沒發現我的身分，緊緊握著氣球跑開。

凜子就站在他跑去的方向前方。因為是我太太，所以就算離得很遠，我也不會看錯。

有名男子與凜子和理一郎站在一起。因為布偶裝的視野狹窄，看不清對方長相，但從服裝一看就知道是位男性。我太太臉上露出開朗的神情，和那名神秘男子一同離開樣品屋展示場的美麗巷弄。

為了領氣球而排隊的幼童們，已排成長長的人龍。因為我一直都沒動作，站在前頭的幼童困惑不解地仰望著我。

2

傍晚我回家後，凜子和平時一樣為我準備晚餐。

「你工作辛苦了。」

過來。

我邊拆領帶邊回答。理一郎露出天真無邪的純真笑臉，朝我撲了

「啊、嗯……」

他們兩人似乎都相信我是從公司下班回來。他們一定萬萬沒想到，我會在樣品屋展示場扮成一隻熊熊。為了掩飾渾身的汗臭，我先去沖了個澡。

「爸爸，你回來啦。」

我換上家居服，三人一起坐向餐桌用餐，但我完全吃不出菜餚的味道，話也變得比平時少，腦中想的全是樣品屋展示場發生的事。凜子，那真的是妳嗎？理一郎，真的是你嗎？那個男人是誰？我很想開口問個清楚。如果要我直說的話，我懷疑凜子外遇。她已經受夠了我，所以和別的男人外遇，為了挑選再婚後幸福的住處，才會到那處樣品屋展示場吧？

但我無法追問這件事。要是我說自己目睹白天時在樣品屋展示場

發生的一切，一定會反過來遭到質問，問我為什麼當時沒在公司。我應該是犧牲與家人相處的時間，到公司上班了才對啊。最後我將被迫說出自己遭公司解僱的事。這是我最怕發生的事。

「我、我說，你們今天都在做些什麼呢？」

我唯一能做的，就只有拐彎抹角地打探她白天的行動。

「我和理一郎一起去採買。」

「哦，就你們兩個嗎？」

「是啊。」

是真的嗎？還是騙人的？

就算看凜子的表情，也看不出個所以然來。

「對了，理一郎得到一顆氣球哦。」

「氣球?!在哪裡得到的？誰給的？」

「商店街有一家便當店開幕，在舉辦開幕活動，免費發送給路過的小朋友。」

「那氣球現在在哪裡？」

我問理一郎。

「破掉了。」

「在回來的路上破掉，所以扔了。」

凜子幫兒子補充說明。

「原來是破掉了，這樣啊……」

我將筑前煮[1]裡的蔬菜送入口中，還是一樣食之無味。

五歲的理一郎會和凜子串通好，一起說謊騙我嗎？若換作是平時，就算他為了調皮而說謊，最後也都會呵呵笑，應該一看就知道他有事瞞著我。但今天的理一郎顯得神色自若，不像是在騙我。

喏，來擲這個骰子吧。

要是中獎，就送你點心。

就算沒中獎也沒關係。

因為可以一再地挑戰。

平日在鬧街的大型電器行門口，我都會扮成熊熊。幼童們聚在我身旁，撫摸我的皮毛。我拿著一個大小可以雙手環抱的巨大骰子，請來到店內的客人擲骰子，發送點心，進行遊戲活動。慶幸的是，相當受幼童們歡迎。

想一起拍照是嗎？

願意和我合照是嗎？

我並不是什麼知名角色，真的沒關係嗎？

1. 九州北部地方的一種鄉土料理，加入雞肉和各式蔬菜一起燉煮。

這和發氣球不一樣，我只要站著就行了。幼童們個個眼睛發亮，伸手摸像我這樣的大叔。我為他們表演自己為了逗理一郎開心而自創的舞步，同時擺動手臂和臀部，有節奏地舞動身體。能做出這種罕見動作的人，就只有我。看我跳舞，幼童們全都笑彎了腰。但樣品屋展示場的那一幕突然從我腦中掠過，我在布偶裝裡感到一陣苦悶，就此心神不定，再也無法扮演一隻愉快的熊熊。

遊戲活動結束後，我在停車場的迷你廂型車內脫下布偶裝。作工講究的大型布偶裝，需要有寬敞的空間才有辦法穿上，不過我這身熊熊布偶裝，在狹窄的空間裡一樣可以穿脫。它身體的部分布料很薄，製作上很節省成本，感覺就像是以褐色的毛毯加工做成人型的布偶。由於手搆得到背後的拉鍊，穿脫可以不必假手他人。

「辛苦了。」

我以人的外貌向活動工作人員問候後，駕著迷你廂型車回到事務所。將裝布偶裝的箱子擺進倉庫後，我與職員確認今後的工作行程。

基本上，布偶裝的預約往往有很多空檔，一個禮拜能獲得一個工作就算不錯了。像六日和節日，會有一些鎖定全家出遊的人們而舉辦的活動，常會前來租借，至於平日，一整個禮拜都沒接到半個工作也是常有的事。

在沒有布偶裝工作的日子，一早我還是會假裝到公司上班。與穿著西裝的上班族一起搭乘一早擠滿人的電車，然後思考從現在到傍晚這段時間去哪裡打發時間才好。

有幹勁的日子，我會在圖書館閱讀資格考相關的參考書。我打算取得某個資格，有利於轉行。像TOEIC、危險物品處理員、介護員，總之，就是閱讀一些對換工作有幫助的書，同時也著手製作履歷表和職務經歷介紹，寄送到各種公司去。現在的我能撥出充裕的時間投入求職活動中，就這個層面來說，布偶裝的預約租借情況有許多空檔正好適合我。

扮成熊熊和幼童們嬉戲的這項工作，我並不討厭，但由於收入不穩定，要支持一家生計有困難，所以我得盡早找到肯僱用我的公司。因為我們一家全靠我的收入維生，凜子和理一郎的生活也是靠這份收入才獲得保障。

但樣品屋展示場的那幕光景動不動就從我腦中掠過。從布偶裝的視野裡看到的凜子，確實和男人走在一起。理一郎拿到氣球後，開心地跑回他們兩人身邊。那幕光景焦躁地烙印在我心中，令我深感不安。

或許我快要被家人解僱了。凜子和理一郎該不會是想將我這個父親炒魷魚，另外僱用別的父親吧？

之後我多次試著在對話中打探。在日常生活中，我也都會留意凜子周邊是否有可疑的男子身影。我也問理一郎，是否見過媽媽和成年男性交談，但一樣無法確認有這樣的男性存在。

之前我在樣品屋展示場看到他們三人時，沒能看清楚男子的長相，實在很懊悔。那傢伙是誰，和凜子是什麼關係？一想到這件事，不管做什麼都提不起勁。

「我出門了。」

「路上小心。」

某個平日，我假裝去公司上班，走出家門。這天是不用穿布偶裝工作的日子，但我提不起勁準備資格考，所以我決定先搭擠滿人的電車到市中心去。離家愈遠愈好，因為待在家附近會遇見熟人，對方可能會跟凜子打小報告說「妳先生沒去公司上班，沒問題吧？」。

我在商業街周邊的車站下了電車，姑且先前往公園。外頭颳著冷風，沒半個幼童在這裡遊玩。蓊鬱的群樹後方，是成群的高樓大廈。

我坐進公園長椅，弓著背忍受寒冷，不知不覺間，周遭和我一樣身穿西裝，一臉倦容地坐在這裡的人愈來愈多。他們也全都和我一樣，被公司解僱，不敢跟家人說。他們的眼神流露空洞，將自己已經無法使用的名片撕碎，丟進垃圾桶裡，或是低聲詛咒上司，以此打發時間。

我結識了當中幾位，和他們有過交流。他們以怯懦的表情說出自己的遭遇。

我仔細聆聽他們說的話。

「我不敢坦白跟家人說，就這樣一個月過去了。」

「我這樣已經快半年了。」

「之前總是坐在噴水池旁的那個人，最近都沒看到了。不知道是不是找到工作了。」

「你不知道嗎？他已經上吊自殺了。他沒工作的事最後終於被他妻子知道，兩人大吵一架，結果……」

我覺得此地不宜久待。沉悶的空氣在此淤積不散，在場所有人都飄散著一股死亡的氣息。

就先找一處像速食店那樣，只要花點小錢就可以待上一整天的地方避難吧。我站起身，離開公園，移往車站前的鬧街，走在人群中。

來到十字路口前，突然有人叫喚我的名字，我就此停步。我轉頭望向聲音的方向，發現一位以前的同事站在熙來攘往的人潮中。他不是介紹我去扮布偶打工的那位好心的同事，而是我不太想見到的昔日同事。

「嗨，好久不見了呢。」

那傢伙嬉皮笑臉，露出看了就不舒服的笑意，慢慢朝我走近。這個男人的壞心眼是出了名的。我知道公司裡有多位兼職員工，因為被他霸凌而自行請辭。不過，這傢伙雖然人品差，但工作上卻頗有能力。對於他那近乎權力騷擾的言行，就算向公司舉發，想請高層出面解決，但上司總是都包庇他，問題完全沒改善。

「找到新工作了嗎？」

這位昔日同事狀甚親暱地向我勾肩搭背，他的手腕上戴著高級手錶。他因為單身，薪水全用在自己身上，聽說他存了不少錢，開的是進口車。我一點都不羨慕。真的。我有凜子和理一郎。有家人。至少在這一點上，我比這位昔日同事幸福。

我回答他的提問。

「新工作啊，有去了幾家公司接受面試。現在很猶豫，不知道該選哪家好。有家公司希望我能馬上就去上班，但他們開出的薪資我不滿意，所以一口回絕了。」

根本沒這樣的事，但我撒了謊。這位昔日同事的嗜好就是愛看別人落難，為了不讓他看好戲，我需要打腫臉充胖子。

我和這位昔日同事就這樣在鬧街的十字路口旁站著聊了半晌。雖然我很想早點結束談話，逃離這裡，但我更想知道，之前在公司參與的計畫後來怎樣了。這位昔日同事在交談時，一直用觀察的眼神打量我。

「我說，你剛才那些話是騙人的吧？」

他說。

「剛才那些話？」

「你的皮鞋上沾有公園的泥巴呢。」

「我真的不知道你在說什麼。」

「算了，我工作很忙，也差不多該走了。我可不像你這麼閒。」

昔日同事一臉愉悅地瞇起眼睛。

「嫂子還好嗎？」

「……啊、嗯，她還好。」

不知道這位昔日同事是覺得哪裡好笑，大聲笑了出來，就此離去。

那天晚上我做了噩夢。我夢見凜子勾著這位昔日同事的手臂，從我身邊離去。

「他的收入比你高，而且好像還有存款。感覺可以過上奢華的生活，所以我們這個家解散吧。」

理一郎也緊緊抱住昔日同事那隻戴著高級錶的手腕。

「爸爸，掰掰。以後他就是我的新爸爸了。」

「就是這麼回事。你放心吧，我會讓他們兩人幸福的。」

昔日同事說完後，帶著我的妻兒離我遠去。我想追向前，但腳下變成了沼地，腰部以下整個沉入水中，無法動彈。

「等等！等一下，凜子！理一郎！別丟下爸爸自己一個人！」

我一面叫喊，一面朝他們伸手，就這樣醒來。

我望向並排鋪設在寢室裡的棉被，只見凜子和理一郎都發出平穩的沉睡呼吸聲。剛才那是夢，但我的心跳得好急，遲遲無法平復，一直感到呼吸困難。

我離開被窩，到洗手間洗把臉。掬起冰冷的水，潑向臉龐。望向鏡子，與一臉兇惡的我四目交接。

想起昔日同事那張掛著冷笑的臉就忿恨難平，他肯定是在嘲笑我。他看穿我是打腫臉充胖子，覺得自己看了一場好戲。我對他充滿嫉妒。他平步青雲，擁有財富，想必會就此過著悠然自得的生活。可惡，去你的，竟然這麼瞧不起人。搞不好我之所以會被解僱，也是他害的。他常和上司一起喝酒，當然了，因為上司欣賞他。他可能就是那時候說我壞話，跟上司說就算我待在公司裡，也只是個沒有存在價值的傢伙，上司就此相信他說的話。我只能這麼想，不然實在太奇怪了。雖然我不知道自己過去有多麼為公司奉獻犧牲，投注自己的人生，然而公司竟然會無視這一切，想將我革職？心中的不甘全湧上心頭，我緊緊抓著洗臉臺的邊緣。每個人都瞧不起我。看我宰了你。宰了你。我要殺了那個混帳。

狗的低吼聲傳來，是附近住戶養的狗嗎？可是，我覺得這和狗的聲音不太一樣。聽起來不像是來自外面，而是從更近的地方發出的低吼。我豎耳細聽，這才發現，那低吼聲來自於我自己。我的喉嚨發出像野獸般的低沉聲音。

我在鏡子前，因滿腔怒火而發出聲音。我的體內發出宛如從地獄深處傳來的野獸聲音，令鏡子表面為之震動。

「爸爸身上有熊熊的味道。」

隔天早上，我催促剛起床的理一郎換衣服時，他對我這樣說道。

我試著嗅聞自己身上的體味，但聞不出來。我原本以為可能是布偶裝的臭味附著在身上，但看來是我想錯了。理一郎說的，可能是老人味。

我小時候聞過父親身上的老人味，那氣味帶有男人的野性味，會讓人聯想到覆滿體毛的大型動物。老人味的成分因人而異，但如果我和我父親散發的氣味相似，那麼，理一郎聞了之後會聯想到熊熊，這樣就不難理解了。

不，與其說是熊熊，不如說是野熊。

不是那種可愛卡通人物的熊熊，而是偶爾會下山令人們擔心害怕的野熊。

看來，我身上散發出野熊般的氣味。

3

喏，小朋友，這裡有氣球哦。

不用客氣，儘管拿去。

不用害怕，再靠近一點。

我不會吃掉你的，過來我這邊吧。

星期天時，有個要穿布偶裝的工作上門。是在先前那處樣品屋展示場，鎖定前來參觀的一家大小而舉辦的活動。現場擺設釣水球、棉花糖等攤位，還有銅管樂演奏，他們希望有布偶在一旁發氣球。

那天我跟凜子解釋，說公司裡的後輩又出包了，我得去公司幫忙，我在她的目送下出門。對於星期天不能全家聚在一起，凜子臉上露出遺憾的表情，但不知道她心裡怎麼想。就算她覺得我不在家正好，那也沒什麼好奇怪的。她很有可能表面上佯裝賢淑，但其實心裡一直在嘲笑我。

今天晴空萬里，全新的住宅牆壁白得耀眼，栽種的樹木也都顯得油亮翠綠。地上沒有垃圾，也沒看到半個遊民，更沒看到野貓的糞便或烏鴉腐爛的屍體。完全看不到醉客的嘔吐物，眼前的風景全都井井有條。每個人夢想擁有的理想住宅區的仿造品，就陳列在眼前。這是一處用來讓來訪者看到幸福的未來，想住進這樣的房子裡，讓他們簽下合約，賺進大把鈔票的地方。我在這種地方一邊聽著銅管樂熱鬧的樂音，一邊將灌滿氦氣的氣球遞給幼童們。布偶裝裡頭很悶熱，額頭冒出的汗水滴進眼睛，不流通的空氣令我呼吸困難，腦袋迷迷糊糊。

我不會把你抓來吃的，靠近一點吧。

我只是要發氣球給你。

我不會用爪子將你撕裂的。

不會把你抓起來從腦袋開始啃的。

所以到我這邊來吧。

一位女性活動工作人員在一旁支援，遞氣球給我，但幼童們怕我，不敢靠近。有幼童因為害怕布偶而緊抓著父母大哭，這種情況並不稀罕，但今天特別多。

一位小學年紀的少女挑戰玩釣水球，她父母以慈愛的眼神守護著她。一對抱著嬰兒的年輕夫妻，正望著屋子，聽建商的員工介紹。他們心裡想，也許以後會住在這種房子裡，臉上流露出充滿期待的神情。每個人都一副幸福洋溢的模樣，媽的！全是通過房貸審核的混帳！

不用害怕哦。

我是愉快的熊熊。

喏，我還會配合音樂扭腰擺臀呢。

所以你們都靠過來吧。

給你們氣球。

氣球……

我配合銅管樂演奏舞動身體時，從我狹小的視野發現了熟悉的身影。

給你們氣球哦……

所以大家到我這邊來……

在棉花糖攤位前的一排幼童們後方，凜子和理一郎從那裡走過。

不會有錯，他們兩人都穿著我曾經看過的外出服。

一名男子走在他們兩人前面，就像在為我的妻兒帶路。因為視野不佳，看不清對方的臉，但凜子和理一郎與男子感情融洽地交談著，往樣品屋展示場深處走去。他們三人的身影旋即消失在人潮後方。

我感到恐懼。因為太過恐懼，甚至想當自己什麼也沒看見。我內心凍結，雙腳發顫，但過了那個階段後，接下來的我因憤怒而腦中化為一片鮮紅。遭背叛的感受和失望，將我內心攪得一團亂。

我手中握著氣球繩，就此邁步往前走。

「熊熊先生，你要去哪兒？」

傳來那名朝氣球注入氦氣的女性工作人員的聲音。我沒理會她，逕自朝背叛者們追去。

人們紛紛轉頭看我，想必是拿著氣球靠雙腳行走的熊很罕見吧。我穿過擺攤的活動區，銅管樂演奏聲朝後方遠去，漸趨無聲。

眼前是一整排嶄新的樣品屋。他們在哪裡？我找尋凜子和理一郎，以及想奪走我容身之所的男子。因為視野不佳，我遲遲沒能找到。是走進建築內看屋嗎？

我快步行走。光靠雙腳步行，令我感到心急，於是我放開氣球，雙手撐向地面。改為四隻腳爬行後，移動速度變快了。我用力蹬向地面，發出咚、咚的聲響，往前行進，樣品屋展示場的人們看到我，尖叫連連。他們指著我，一邊尖叫，一邊逃跑。

我感覺自己的身體變得和卡車一樣大。在奔跑的過程中撞到路樹，卻一點都不覺得痛。倒是樹幹啪嚓一聲，撒出碎片，斷成了兩半。

「在哪裡?!」

我如此喊叫著，但從喉嚨發出的卻不是人話，而是震耳欲聾的野獸咆哮。

我任憑怒火宣洩，一掌打向附近的樣品屋牆壁。雪白的牆壁應聲出現裂痕，上頭出現數道爪痕的線條。

「在哪裡?!快現身！」

我放聲哭喊，但落向地面的，不是眼淚。是從我的牙尖牽絲淌落的口水。
外頭的人們紛紛跑遠，而樣品屋內的人們則是藏在窗內，惴惴不安地窺望我。每個人都神情緊繃，祈求我別靠近。
有一棟客廳鋪設有整面大玻璃的住宅，我發現一臉驚恐的理一郎出現在房內。
原來躲在那裡！我向前奔去。
既然理一郎在那裡，凜子和那名男子應該也在。這些背叛者應該都在。
我撞破玻璃，衝進屋內。就連樣品屋的挑高天花板，我也覺得很矮。我頭抵向天花板，天花板的建材和照明燈紛紛剝落。我將嘴巴張到最大，從內臟用力擠出咆哮聲。我踩碎玻璃碎片，地板因我的重量而被踩破，就此斷裂。我轉頭環視室內。
找到了。這群背叛者。
她肯定是要拋下我，夢想著能住進這樣的房子。我把頭壓低，齜牙咧嘴地展開威嚇。前腳往前跨出一步，在這腳的震動下，整個屋子為之搖晃，擺在層架上的玻璃製餐具全撒落地面。

可能是承受不住我帶來的壓力，所有人都一臉驚恐地向後退。但理一郎退到一半，突然雙腳發軟，癱坐地上。凜子叫喚兒子的名字，拉著他的手臂想要逃，但她似乎也使不出力氣。

這時，男子來到理一郎前面，擋在我們中間，就像要保護他似的。

想從我這裡奪走我妻子的男人。之前因為視野不佳，看不清楚他的長相，但現在面對面之後才發現，他是個一臉窮酸樣，引人發噱的男人。眼窩凹陷，看起來似乎也不年輕了。就是這傢伙誆騙凜子和理一郎嗎？男子雙腳發抖，一副快要哭出來的表情，真是可憐。

瞧我把你大卸八塊。我朝他發出低聲咆哮。我的聲音化為地鳴，令牆壁和地面都出現龜裂。男子閉上眼，忍受這樣的衝擊，但當我停止咆哮時，他以懇求饒恕的眼神注視著我。如同在保護理一郎般，沒有要退開的意思。

突然間，我發現他的長相有點面熟。可能是因為憤怒的緣故，之前我一直都沒看出來，或者是因為不可能會發生這種事，所以我一直都沒想到這點。

這個男人就是每天早上我照鏡子會看到的自己。

這是怎麼回事？我明明就在這裡，卻又站在自己面前。我感到莫名其妙，就此後退。

拉開距離後，擁有人形的我擋在理一郎前面，就像力氣耗盡般，一屁股跌坐地上。凜子跑過來坐在他身旁，扶著他的肩膀。

我持續向後退，最後終於從剛才撞破的客廳那處缺口來到屋外。我腦中一片混亂，愣在原地，想展開攻擊的情緒逐漸消散。

雖然不清楚發生了什麼事，但知道與凜子和理一郎同行的人是我之後，令我放心不少。理一郎和凜子緊緊抓著身為人類的我，顫抖著望向化為熊的我。

我朝他們望了一眼後，決定離開。

因為用四隻腳走路，漸漸令我感到疲累，於是我站起身，改為用雙腳行走。這時，因遭受熊的威脅而逃走的人們，也陸續回到大路上。樣品屋展示場也恢復了平靜，剛才的那場騷動就像從沒發生過似的。

我一面從布偶裝的窺望孔確認外面的世界，一面走向活動場地。由於我擅自離開了工作崗位，幼童們拿不到氣球，可能會覺得很無趣。不過，像這種情況，那位女性活動工作人員應該會代替熊熊發氣球吧。

我與一對推著嬰兒車的年輕夫妻擦身而過，坐在嬰兒車內的幼兒伸手指著我。我朝他揮動毛茸茸的手，他開心地又叫又笑。年輕夫妻向我點頭致意，就此遠去。不久，我看到前方是在棉花糖攤位前大排長龍，以及聚在一起釣水球的幼童們。

發了好幾顆氣球後，來到了休息時間，我回到停車場的迷你廂型車上。在車內取下布偶裝的熊頭，深吸一口新鮮的空氣，拭去額頭的汗水。我拉下背後的拉鍊，先從玩偶裝裡探出上半身，再從毛茸茸的手臂裡抽出人類的手臂。

我拿起擺在車內的手機，懷著祈禱的心情，打電話回家。等沒多久，傳來凜子的聲音。

「喂？」

「凜子嗎？」

「對，怎麼了？」

「不，就只是講點事。妳今天一直都在家嗎？」

「嗯，本想帶理一郎去公園，但那孩子有點感冒。你今天可以早點回來嗎？」

凜子和理一郎一直都在家。她應該沒說謊，剛才在樣品屋展示場看到他們和現在隔沒多久，這麼短的時間要返回家中，接起家中電話，是不可能的事。

可能是我在做夢。從布偶裝狹窄的視野看著外面的景象，就此陷入白日夢的世界裡。存在於我心中的不安、恐懼，以及對家人的歉疚，讓我看到了幻影。凜子和理一郎根本就沒背叛我，只是我自己的妄想不斷膨脹罷了。我覺得自己好沒用，差點哭了起來。

「喂，凜子，妳仔細聽我說。」

「什麼事？」

「其實，我被公司解僱了。」

感覺得到她倒抽一口氣。

「也就是被資遣，我從很久以前開始就沒去公司上班了。抱歉，一直沒跟妳說。」

「這樣啊……」

「我因為害怕，說不出口。今天也一樣騙妳，說我得去公司加班。其實我是去打工，一個別人介紹的工作。」

凜子沉默了一會兒。想必是在思考她今後的出路吧。也可能是對我徹底死心，打算回娘家去，正在猶豫該如何開這個口。然而，凜子卻說出了我意想不到的話來。

「其實我老早就在懷疑是這樣了。你是不是從事扮布偶的工作？」

「妳怎麼知道？」

「果然沒錯！」

聽凜子說，之前因為吹風機故障，她為了買支新的，去了一家大型電器行，看到那裡在舉辦遊戲活動，只要擲骰子中了獎品，店家就會送點心。當時有個人扮的布偶熊，跳著熟悉的舞步。那是我為了逗理一郎開心而自己發明的獨創舞步。不論是甩動的動作、扭腰擺臀的姿勢，還是節奏和動作的時機，所有要素都與我的動作吻合，沒半點差異。

「當時我就很肯定，做出那個搞笑動作的人一定是你。」

「儘管我的外表是熊熊，妳一樣認得出是我？」

「當然認得出啊。」

我記得自己確實是在一家大型電器行展現我獨創的舞步。沒想到當時凜子竟然在場，全瞧在眼裡，我完全沒發現。

「那是你應該人在公司的時間吧？所以我才會懷疑，你該不會是被解僱了，但我一直提不起勇氣問你。」

「抱歉，一直沒跟妳說。真的很抱歉。」

一直到休息時間結束，我都在聊自己找工作的事，以及穿著布偶裝在樣品屋展示場打工的事，還詢問理一郎感冒的事。一直到最後都沒談到離婚的話題。

結束通話，走出迷你廂型車。上半身經風一吹，冷空氣令冒汗的身體迅速降溫。心情舒服許多。應該不會再做白日夢了吧。我很肯定。是時候該回去工作了。雖然是在找工作期間的短期打工，但工作終歸是工作。我把手伸進布偶裝的手臂裡，拉起背後的拉鍊。從車裡拿出熊頭，戴在頭上，然後變成熊熊。

在前往活動場地的途中，發現有顆氣球卡在樹枝上。也許是我追著白日夢跑，用四隻腳在地上行走時鬆手的那顆氣球。雖然距離很遠，就算伸長手臂也搆不到，但我挺身一跳，手指搆到氣球繩，就此握住它。我重新握好氣球繩，邁步朝高聲傳來銅管樂的方向走去。

★冷靜偵探阿松．Returns★

1

我的僱主是個叫嫌味[2]的男人，長著異樣齙出的門牙，那副尊容幾乎可用人間凶器來形容。舉例來說，當他想將紅酒酒杯湊向嘴巴時，門牙會撞向酒杯，把玻璃撞破。清理碎片是我的工作，我非得馬上拿著掃把和畚箕趕到不可。要是稍有延遲，他一定會出言損人。

「里的手有魚腥味。」嫌味這樣嘲笑我。「里」是他獨特的口音，是由「你」變化而來。我的手有魚腥味，這是事實。因為我家是賣魚

2. 嫌味的原文為「イヤミ」，有損人的意思。另有翻譯為「井矢見」，或因為他的外形，將他的名字譯為「大板牙」。

的，我從小就接觸魚，所以這氣味緊跟著我。「經里的手一摸，什麼東西都帶上魚腥味。里不適合當女傭。」

我無法忤逆洋館主人嫌味，同樣受僱於他的園丁空松也和我一樣。他負責修剪洋館占地內的樹木，但是他身穿皮夾克，配上帥氣墨鏡，這樣的穿搭與園丁給人的印象相去甚遠。「里的時尚感和時代脫鉤。穿著印有自己臉蛋的背心看了眼睛就痛，真是噁心。」空松聽了之後雖然板著臉，但沒回嘴。事後我和他聊到此事，他只說了一句「就隨他去說吧」，聳了聳肩，默默回到他的工作崗位。

大廚豆丁太就不同了。只要他聽了不順耳，就會馬上回嘴，和嫌味大吵起來。「Me要炒里魷魚！」「求之不得，你這個混帳——說什麼屁話啊——笨——蛋——去你的！」但事實上，他不會被炒魷魚。因為另外僱用的廚師都受不了嫌味的個性，只待一天就自動請辭，所以最後還是只能請豆丁太煮三餐。豆丁太對關東煮情有獨鍾，他的關東煮不管什麼時候吃都很可口，但嫌味卻故意說難聽話惹他生氣。「吃得好膩啊，希望里別再煮關東煮給Me吃了。」

我、空松、豆丁太三人，在嫌味擁有的這棟老舊宅邸裡，有各自所屬的房間，住在這裡工作。那是一棟老舊的建築，外牆有一部分覆滿常春藤，走廊的地板會發出刺耳的嘎吱聲響。曾經不知從哪兒跑來一隻貓，在屋裡四處亂跑，還鑽進當擺飾的古董盔甲裡頭。那隻貓想進廚房，我發現後將牠趕跑，牠一臉怨恨地瞪視著我，露出深紅色的舌頭向我威嚇。是一隻讓人聯想到惡魔的黑貓。

每到深夜，便不時會傳來呻吟般的聲音。大家都說那是風聲，但我覺得那是人類發出的痛苦哀號。我也曾因為感覺到有某個視線盯著我瞧，而猛然醒來。當我獨自待在房內時，我會將房門上鎖。洋館每一間房的鑰匙都串在一起，集中管理。我事先從那一大串鑰匙裡抽出我房間的鑰匙，所以理應可以放心地入眠，但我總是很害怕黑夜的來臨。感覺就像有人潛入我房內般，很不舒服。

某個寒冬的日子，發生了一起命案。空松被人發現死在一樓的傭人休息室裡，一把用來修剪庭園樹木的剪刀，深深地插在他背後。房內的門窗一律緊閉，而且上了鎖，屍體便是在所謂的密室狀態下被發現的。當我們在外頭等候警方到來時，口中呼出的氣息化為白霧，被風吹走，掠過空松修剪過的群樹，飄向冷冽的天空。

「那麼，請先告訴我發現屍體時的情形。」

向我提問的年輕刑警名叫椴松，一身全新的西裝，沒半點縐摺，給人聰明的印象。我加以說明發現空松時的狀況。

發現休息室的門打不開的人是豆丁太，時間是下午一點。都已過了中午，空松還是沒來吃午餐，所以豆丁太四處找他。由於休息室的門打不開，他想空松可能是在裡頭打盹吧，便敲門叫喚，但沒有回應。豆丁太的聲音很大，所以我和嫌味也趕了過來。

「門上鎖了對吧？」

「對。我本想拿那串鑰匙來開門，可是……」

那串鑰匙被保管在一樓廚房裡。牆上釘了個釘子，平時都掛在那裡。

「那串鑰匙不見了嗎？」

「對，到處都找不到。」

不得已，我們只好繞到屋外，從窗口往室內窺望。窗戶裡頭雖然被拉上的窗簾阻擋，但窗簾布下緣與窗框中間有縫隙，能從那裡確認室內地板一帶的情形。我們看見倒臥地上，血流一地的空松。「屑——！」嫌味吃驚地大叫一聲。

「『屑』？這什麼意思？」

「不清楚。嫌味先生每次在驚訝時，總會叫這麼一聲，並擺出奇怪的姿勢。」

「算了，不重要。妳說，之後你們破窗進入室內，確認他已經死亡。在打破窗戶前，應該先報警才對，也許現場會留下可查出兇手身分的線索。」

椴松刑警回頭望向窗戶。窗鎖和以前一樣，是轉動螺絲來鎖緊的類型。為了解鎖，我們破壞一部分的玻璃。另一名刑警走來，伸手搭在椴松刑警肩上。

「話不是這麼說吧，椴松刑警。當時應該還不知道他是生是死，如果還活著，就得趁早叫救護車才行。所以破窗進入房內，是正確的做法。」

這位是指揮搜查班辦案的輕松警部。與給人聰明印象的椴松刑警不同，他那風衣搭紳士帽的穿衣風格，讓人聯想到老派的資深刑警。

「對了，你們走進房內時，兇手有沒有可能躲在室內？」

在輕松警部的詢問下，我搖了搖頭。那是各邊五公尺長的單調方形房間，房內沒有可藏人的場所。兩位刑警的神情凝重起來。

「那串鑰匙是兇手拿走的嗎？」

「最後看到那串鑰匙是什麼時候？」

「昨天晚上九點，聽說是屋裡的女傭魚魚子小姐在使用。」

因為走廊的燈泡壞了，為了更換，我得從倉庫裡拿出庫存的燈泡和馬椅梯才行。我用那串鑰匙打開倉庫，後來放回了原位，而現在卻消失了。

兩名刑警對那串鑰匙如此執著的理由很明顯。如果空松在遇刺後，是自己從房內把門鎖上，鮮血應該會滴在房門附近吧。但他的血只流在他倒臥處的周邊，也就是房間的中央一帶。他待在原地沒移動，也就是說，殺害他的兇手，是用那串鑰匙從走廊上把門鎖上。

展開搜查一個小時之後，終於發現那串鑰匙了。它就沉在池底。

「找到了！」一名身穿鑑識課制服的人前來報告，我們才得知此事。不知為何，他臉上沾滿了血，我嚇了一跳，不過他的聲音倒是充滿朝氣。

這位鑑識人員名叫十四松，據說他會找到那串鑰匙純屬偶然。洋館的庭園有座池子，他看見水面結冰，就很投入地溜起冰來，但滑了一跤，臉直接撞向冰面。他會滿臉是血，似乎就是這個緣故。這時，一部分的冰面破裂，那串沉入池底的鑰匙就此映入他眼中。「竟然在搜查時溜冰！」椴松刑警大發雷霆，但輕松警部卻誇讚道「你立了大功呢！」。

「那串鑰匙沉在池底。也就是說，兇手在殺害被害人，鎖好門後，將那串鑰匙丟進池子了對吧。」

椴松刑警開始推理，但調查了池子後，得知了新的事實。池水結冰是深夜三點到早上六點的這段時間。我覺得很納悶。

「可是，空松吃早餐的時候還在，大家都看到了。」

早餐是早上七點。如果空松是在那之後被殺害，兇手用鑰匙鎖好門，才丟進池子的話……當時水面已經結冰，那串鑰匙卻沉入水底，這實在很奇怪。

附帶一提，關於池水結冰的時間，是根據兩個資訊才得以查明。首先是兩個居無定所的人提供的證詞，他們昨晚碰巧誤闖這棟洋館的占地。

「我是要到北方旅行達斯[3]。」

「我跌了一跤，掉進池子裡達～悠。」

正當兩人全身溼透、四處遊蕩時，員警將他們帶回了派出所。兩人跌落占地裡的池子時，似乎是深夜三點左右。當時池面還沒結冰。

「六點左右好像就結冰了。」鑑識員十四松以放大鏡觀察結冰的表面說道。結冰的表面沾有細微的金粉，後來得知今天早上六點左右，家住附近的大富豪 Mr. Flag 為了看日出，他的飛行船一邊飛行，一邊撒落金粉。

根據氣象廳發布的資料，今天早上似乎氣溫驟降。池面是在天明前覆蓋上冰，在三點到六點這段時間結成冰面。但空松在七點時還活著，那串鑰匙是如何沉入池底呢？

3. 這裡出現的兩名角色為動畫中的大褲衩和達悠，口頭禪分別為「達斯」和「達～悠」。

我們聚集在發現屍體的現場苦思。空松還沒被搬出房外，仍躺在地上，背後插著剪刀。「沒有備用鑰匙，只有那一串鑰匙。」嫌味如此說道，伸手指著我。「最後用那串鑰匙的人是里，里很可疑。」我感到不知所措，差點哭了出來。因為眾人疑神疑鬼，使得現場氣氛無比詭譎。這時，有人敲響房門，偵探登場了。

2

一派輕鬆地走進房內的這名人物，頭戴獵鹿帽，身穿斗篷大衣，一副小說插畫裡描繪的偵探外貌。他一看到輕松警部，便親暱地與他搭話。

「嗨，輕松兄。搜查進行得順利嗎？」

「阿松老弟，突然把你找來，真是抱歉啊。」

這位偵探，人稱冷靜偵探阿松[4]。警部向眾人介紹他，他負責的案件多達兩千件以上。命案現場往往會因為謎團或詭計無法解開，而彌漫緊繃的氣氛，他的工作就是負責緩和這樣的氣氛。附帶一提，他似乎至今從未破過任何一起案件。破不了案的偵探？什麼跟什麼啊？我的腦中一片混亂。在被沉重的靜默壓得喘不過氣來的室內，我們對這位新來的闖入者保持戒心，但就在這時……

「輕松兄，你大衣的袖口垂著一條線呢。」

正在聆聽案件梗概的偵探，突然提到這麼一件事。仔細一看，警部那件風衣的手腕一帶，有一條長長的脫線垂落。看到之後，就忍不住會很在意這件事。「抱歉。」警部拉扯那條線，想將它拔斷，但這麼做

4. 原文為「おそ松」，動畫版翻譯為「阿松」，早期的漫畫譯本則是翻譯為「小松」、「粗松」。「おそ松」音同「お粗末」，有馬虎、粗心之意，也暗指這個人物的個性。

反而讓脫線愈來愈長。

「讓我來吧。」

偵探拿起剪刀，喀嚓一聲，將那條線剪斷。

我們大感錯愕。偵探用了剪刀。沒錯，他用了剪刀。他用的那把剪刀似曾見過，刀刃處沾著血汙。那不就是插在空松背後的那把剪刀嗎？輕松警部發現後，叫出聲來。

「喂，阿松老弟，瞧你做了什麼！那是凶器耶。你什麼時候拔出來的？」

「啊，不好意思，一不注意就……」

偵探一臉歉疚地直搔頭，將剪刀拋向一旁。他的表情和動作有點可愛，我們一時間不知所措，覺得很好笑。「搞什麼，說什麼屁話啊。」豆丁太也強忍著不笑。現場緊張的氣氛變得緩和，原本緊繃的沉悶，適時地舒展開來。原來如此，因為有這樣的能力，人們才會稱呼他冷靜偵探阿松。

眾人開始圍在空松的屍體旁談笑起來。剛才那緊繃的氣氛就像不曾存在過似的，豆丁太端來紅茶和餅乾。如果不是腳下躺著一具屍體，這簡直就像是在舉辦自助式派對。他讓我們發現，比破案更重要的事，就是大家都要保持笑容。

「好氣派的宅邸啊。」阿松偵探頻頻誇讚，嫌味也露出得意洋洋的表情。偵探一面和眾人閒話家常，一面巡視命案現場。傭人的休息房很簡樸，其他房間那些透著焦糖色亮澤，看起來價格不菲的木製家具，在這個房間裡一概沒有。裡頭的沙發和矮桌全是廉價品，窗戶另一側的牆上設有層架。垂掛在天花板正中央的照明燈，也只用電燈泡而已。

「裡頭很暖和呢，窗戶明明破了個洞。」

「地下有鍋爐室，就在這個房間正下方。要用熱水時，都是在那裡用燃料燒水，不過熱氣會往這個房間竄升。」

我在說明時，偵探啃起了餅乾。當他想從盤子上再拿起一片餅乾時，不小心掉了。掉落地面的餅乾，正好卡在地板間的縫隙處，立了起來。可見地板嚴重隆起，以至於形成這樣的縫隙。偵探準備撿起餅乾時，發現了某件事。「大家看這個。」他注視著空松的腳。

「這圖案真有意思，在哪兒買的？」

空松穿的襪子，上面是關東煮的圖案。說到關東煮，就想到豆丁太。

「這是我最好的一雙襪子。我送給他，當作我們友情的證明。他是我的酒友。笨——蛋——去你的——怎麼就這樣死了呢！」

豆丁太放聲大哭，我也不禁黯然。休息時間，我常和空松聊天。我曾對他提到自己的夢想，說我日後想當偶像，當時我滿心以為他會笑我，但沒想到他一臉認真地聆聽。

「挺好的夢想。魚魚子妹妹，妳日後一定能當上偶像。我們人啊，能成為自己想要成為的人物。別放棄哦。」

雖然他有時裝模作樣，令人受不了，但基本上是個好人。我和豆丁太深有所感，但唯獨一旁的嫌味露出冷淡的表情。他平時就只會使喚空松，和他幾乎沒有任何交流。

進屋時打破的玻璃窗碎片仍留在窗框上，外頭有小小的白色粒子緩緩掠過，原來戶外已開始飄雪。洋館的庭園轉為充滿寒意的色調，如今少了園丁，過不了多久，庭園應該會變得一片荒蕪。

輕松警部與椴松刑警針對這起案件交換意見，我們在一旁聆聽。

「兇手殺害被害人後，把門上鎖，離開房間，將鑰匙扔進庭園的池子裡。當時他應該有對鑰匙進行高溫加熱，藉由這個做法，讓鑰匙融解冰面，沉入池底。至於融冰的地方，很快又因為周遭的寒氣而重新結凍。」「鑰匙能貯存足以融解冰面的高熱嗎？」「要不然，兇手可能是在冰面鑿出一個洞，把鑰匙丟進去，再以削製成像塞栓形狀的冰塊堵住那個洞。」「比起這個做法，更有可能是池底有一條水路，鑰匙是從其他地方順著水流沖過來的。」不過，最後的推理被十四松鑑識員推翻。他潛入冰層下，仔細查看過池底的每個角落，但都沒看到與池子相連的水路。十四松鑑識員報告完後，離開房間去換下溼透的制服。

掉在冰層下的那串鑰匙，令眾人傷透腦筋。結冰的時間是一早，房門上鎖是在那之後。那串鑰匙是如何沉入池底呢？我暗自思索，想解開這個謎，但怎麼也想不透。

「園丁會不會在結冰前就死了呢？」

有人提出這樣的意見。我環視房內，找尋發表意見的人。

「早餐是在早上七點。如果當時眾人目睹的空松，其實不是空松，而是另有其人，這樣就不會有矛盾了。兇手是長得很像空松的人，他在深夜殺害空松，將房門上鎖，然後把那串鑰匙扔進池子裡。接著戴上墨鏡，穿上皮夾克，佯裝成空松，若無其事地和大家一起吃早餐。」

那是不帶半點霸氣的悄聲低語。長得很像空松的人？真有這樣的人存在嗎？如果不是長得像同卵雙胞胎那麼相似，就算戴上墨鏡，也一下子就會被認出是不同人吧？我不知道空松是否有和他長得這麼像的雙胞胎兄弟[5]。

「算了，當我沒說。我只是剛好路過，聽到你們的對話，所以就加入推理，如此而已。」

發表意見的人站在房間外面的走廊上。他腳下有隻黑貓，朝他磨蹭身體，向他撒嬌。是常潛入洋館的那隻貓。

此人怪異的裝扮令眾人目瞪口呆。他臉上戴著一副鐵面具，衣服破破爛爛，一隻手握著沾血的菜刀，另一隻手握著像內臟的東西。「告辭了。」那個人留下這句話後，便轉身離去。黑貓似乎和他很親近，緊跟在他身後。男子握在手中的內臟仍滴著血，在走廊上留下點點紅漬。包括我在內，在場眾人皆放聲大喊。

「他是誰?!」

5. 在漫畫和動畫裡，松野家六胞胎設定成長得很像。

不，只有一個人沒出聲，他的臉色蒼白，渾身顫抖。是我的僱主嫌味。

3

輕松警部和椴松刑警追上前去，將鐵面人帶回來。鐵面具的眼睛是兩個圓洞，嘴巴周邊呈格子狀。因為這個緣故，只能看到他一部分的臉，但可以看到他的眼睛眼皮半闔，一臉睏樣[6]。他坐進沙發，回望在場的眾人。椴松刑警大聲喊道：

「話說回來，那是什麼內臟？有點可怕呢！」

鐵面人不耐煩地應道：

「還問呢，是魚的內臟啊。」

「魚?!少跟我蒙混！」

「我正在準備牠要吃的飯。」

黑貓以深紅色的舌頭舔著從魚的內臟滴落的鮮血。鐵面人的視線投向嫌味。

「嗨，嫌味。我出來了。不知道已經有多少年沒這樣在地面上和你說話了。」

「Me才不認識里呢。」

然而，嫌味那慌亂的模樣，顯然認識對方。

「你到底是什麼人？」

輕松警部向鐵面人詢問他的身分。鐵面人在說明時，一直緊盯著嫌味。

6. 從眼皮半闔的特徵來看，鐵面人是「一松」。這樣漫畫中的松野家六胞胎就都齊了，照長幼順序分別是阿松、空松、輕松、一松、十四松、椴松。

「我被關在地下室整整七年，好不容易就在剛才重見天日。」

據他所言，這座洋館有個秘密的地下通道。鍋爐室的牆上有一道暗門，那裡有條延伸通道，通往一個鐵柵欄地牢。他就被關在那裡，每天都靠嫌味深夜送來的食物度日。地牢備有自來水和廁所，也有電力，同時配置了電視和暖桌，也有可做簡單烹調的設備，但在裡頭被囚禁了七年實在令人同情。我一時懷疑自己的耳朵，覺得這該不會是騙人的吧，但是看嫌味的反應，似乎真有其事。

「Me提供里舒適的生活！」

他可能是判斷自己已找不到脫罪的說詞，我們也就此得知他囚禁鐵面人的原因。這座老舊的洋館原本似乎是由鐵面人繼承和擁有，但七年前嫌味騙了他，將他關進地下室，竊占了這棟洋館。我、豆丁太，可能還包括了空松，都不知道這個真相，一直都以為嫌味是這棟洋館的主人，並受僱於他。

「是這隻貓把這東西帶來給我，我才能打開地牢的鎖。」

鐵面人將魚的內臟丟給黑貓，從懷中取出一串鑰匙。是洋館的那串鑰匙。從池底發現的那串鑰匙證物，似乎被這隻黑貓偷叼走了。他會在這個時候走出地牢，也是因為這個原因。

經這麼一提才想到，這隻貓時常想跑進廚房裡。也許是為了他，黑貓一直努力想得到那串鑰匙。因為鑰匙總是都保管在廚房裡。

「Me懂了！里是殺死空松的兇手！只能這麼想了！不管怎麼看，都太可疑了！」

「我是剛剛才離開的哦，怎麼看也不可能是我幹的吧。」

「里剛才的推理也錯了！Me吃完早餐後，到戶外散步，剛好從這個房間前面經過！沒人倒臥在這個房間裡！」

「你別為了中傷人而胡說。」

當時窗內的窗簾是拉上的。雖然從窗簾與窗框間的縫隙可以看到地板，但如果只是路過時瞄了一眼，怎麼可能會做出沒人倒臥在房裡的判斷呢。另外，我突然想到一件事，就此插話道：

「半夜聽到的聲音，是你發出來的對吧。」

深夜不時會傳來一陣可怕的呻吟聲。肯定是他感嘆自己遭囚禁的遭遇，而發出那樣的聲音。鐵面人望向我，點了點頭。

「嗯，應該是吧。最近的深夜節目很有趣。」

「那是笑聲嗎？如果是這樣，那我就放心了。那麼，半夜感受到的視線呢？那也是你嗎？」

「視線？妳指的是什麼？」

這時房門打開。剛才為了換下溼透的制服而離開的十四松鑑識員，已返回房內。他一看到鐵面人，便大喊一聲「逮捕犯人——！」，撲了過來。「等等……！你誤會了……！」鐵面人極力抵抗，但還是挨了一記摔角絕招的攻擊。這招是「眼鏡蛇纏身固定」，別名「肋骨折」。

一度大亂的場面之所以能重拾平靜，都多虧有冷靜偵探。當時他很果決地擠進十四松鑑識員與鐵面人中間。「你先冷靜一下，十四松老弟！」他一面說，一面鑽進扭打在一起的兩人中間，想將這兩人拉開。

一時之間，現場一陣混亂，而當眾人望著眼前的情勢發展時，突然發現——不知不覺間，鐵面人竟然已經完全掙脫，揉著他的肋骨。而被絕招壓制的，竟然是阿松偵探。是什麼時候角色對調的？就連偵探自己也很驚訝地喊一句「怎麼會這樣——?!」。那模樣實在過於滑稽，我們大家激動的情緒都平靜了下來。

十四松鑑識員放開偵探，聽我們說明鐵面人的來歷後，對自己突然使出摔角技一事道歉。他重新面向輕松警部，從制服口袋裡取出一串鑰匙。這串鑰匙放在存放證物的透明袋裡。

「輕松警部，我請總部鑑識課火速對它進行調查，但查無任何可鎖定兇手身分的線索。」

聽聞他的報告，眾人盡皆無語。據他所言，他剛才離開換制服，並使出全力跑回警局，對這串鑰匙展開詳細的分析。換句話說，這串鑰匙一直在他手上。這到底是怎麼回事？我轉頭望向鐵面人，他手上果然也有同樣的一串鑰匙。

真相似乎意外地單純。沒有備用鑰匙，堅稱這點的人是嫌味。為什麼他要說謊呢？嫌味很不情願地開始道出真相。他打了備用鑰匙，半夜潛入我房間，躲在黑暗中欣賞我的睡臉，這是他不為人知的嗜好。真是變態，一個活生生的變態就在我眼前。我從睡夢中醒來時感覺到的視線，原來就是嫌味。此外，他並非只打了我房間的備用鑰匙。他也會進空松和豆丁太的房間，偷一些不會被發現的東西。他不想讓人知道他這種行為，所以才向警方堅稱這裡沒有備用鑰匙。

「你真是個無藥可救的人渣！」椴松刑警一把揪住嫌味的衣襟。但嫌味也全豁出去了，擺出目中無人的態度。「不過就只是隱瞞備用鑰匙的事罷了，何必這麼生氣嘛。」

「經這麼一提才想到，前不久……」豆丁太說。「我在外面和嫌味大打出手。原因我忘了，當時我們扭打在一起。」嫌味說「Me要宰了里！」，一把抓住豆丁太，豆丁太也回他一句「說什麼屁話啊——笨——蛋——！」，兩人就此跌落池裡。該不會備用鑰匙就是那時候從嫌味的衣服裡掉出來，沉入池底吧——豆丁太說。「經里這麼一說，Me確實就是那天遺失備用鑰匙的。」嫌味也同意他的說法。

「搞什麼嘛，原來是這麼回事。這樣問題就解決了。」阿松偵探說。確實如此，有兩串鑰匙，其中一串一直都沉在池底。如果是這樣，這謎團就形同根本不存在。「在池底發現的那串鑰匙，比被害人遭殺害的時間更早之前就已經沉在池底，這表示根本沒必要在意池面結冰的時間。兇手肯定就是用你手中的那串鑰匙，來鎖上這個房間。」

阿松偵探轉身面向鐵面人。

鐵面人出示那串鑰匙，向黑貓問道：

「告訴我，你是在哪兒得到這串鑰匙？」

黑貓不予理會，自顧自地理毛。但我知道。這隻貓可能是在結冰的池面上發現它，將它帶走。黑貓會發現兇手丟棄的那串鑰匙，可能也不是偶然。想必是那串鑰匙上帶有魚腥味的緣故，因為我摸過的東西都會有魚腥味。我就是兇手，是我殺了空松。

4

我受不了罪惡感，決定說出真相。「是我做的。」當明白兇手的身分時，正好是晚餐時間，豆丁太請大家吃熱騰騰的關東煮。那是蘿蔔煮得很入味的關東煮，相當可口。眾人圍著空松的屍體，在平靜的氣氛下吃著關東煮。由於我自己招認而破案，所以眾人的表情都很開朗。我曾夢想要當一名偶像，但大概是沒希望了。得就此放棄夢想，心中難免落寞，但冷靜偵探營造出的溫情氣氛，為我帶來救贖。阿松偵探說道「這樣做的話，他或許會坐起來吧」，將熱騰騰的關東煮湯汁淋在空松身上。「當然不會坐起來，因為空松已經死了。」

說到我殺害空松的經過，那其實是一場意外。我上午的工作告一段落，在休息室放鬆時，空松也來到休息室。他和我閒聊了一會兒，和平時一樣，裝模作樣地做出讓人尷尬的發言，所以我當作是在吐槽，朝他腹部打了一拳，就像拳擊的腹部重擊一樣。這時，他拿在手裡的園藝剪掉落，卡在隆起的地板縫隙處，以刀刃朝上的狀態立起。偏偏空松就這樣朝它倒下，剪刀刀刃深深刺進他背部，他就這麼死了。我感到難以置信，讓他平躺在地上，想試著拔下剪刀，但途中我改變心意。雖說是意外，但畢竟還是殺了人，有這樣的前科，或許再也無法當偶像了。於是我決定擦除剪刀上的指紋，以那串鑰匙鎖上房門，裝作什麼都不知道。

「我將那串鑰匙丟進池裡。因為我是遠遠地丟向池子，所以不知道池面結冰的事。我滿心以為它會沉入水裡。」

我拋出的那串鑰匙可能一直都那樣擺在冰面上，所以黑貓才會將它叼走。而讓案件變複雜的，是沉在冰面下的另一串鑰匙。

「各位，對不起，都是我不好。空松，對不起……」

我低頭鞠躬，誠心誠意地道歉，這是我毫無虛飾的真心。雖然這樣毀了現場溫馨的氣氛，對大家很抱歉，但淚水還是奪眶而出。要是我打從一開始便坦白說就好了。我真傻，為了一個也不知道能否實現的夢想，竟然說謊，掩飾自己的罪行，真是個傻瓜。

嫌味橫眉豎目地伸手指著我。

「里就算道歉，死去的人一樣不會活過來，里這個殺人犯！Me這棟洋館的資產價值也因為里而下跌！里要怎麼賠償Me！」

他指責我，罵我是殺人兇手。從他的齙牙後方不斷傳來各種咒罵，而犯下這種惡劣行徑的我，根本無法回嘴。

這時，阿松偵探就像想到什麼似的彈響手指。

「對了，我想到一個好辦法。」

由於現場氣氛開始變得沉悶，所以他又以自己獨特的方法緩和氣氛。他說：

「因為魚魚子妹妹實在很可憐，所以我們大家來想想看其他兇手吧。」

「咦，等等，里這什麼意思？」

「原本沒有備用鑰匙對吧？」

「明明就有。」

「沒有，你不是這樣說的嗎？有你的證詞紀錄哦。」

偵探轉頭望向椴松刑警。刑警確認記事本上的紀錄，點了點頭。

「沒錯，他確實堅稱沒有備用鑰匙。」

之後椴松刑警一副什麼都不知道的神情，將記事本上的其他頁面撕下，揉成一團。那也許是嫌味收回先前說的話，改說有備用鑰匙時的紀錄。嫌味一副不知所措的模樣，來回望著偵探和刑警們。

「一點都沒錯，我不覺得這麼可愛的魚魚子妹妹會殺人，可能另有其他真相。如果沒有備用鑰匙的話，應該是這樣的情況。」這時發話的，是輕松警部。「前一天的晚上九點，魚魚子妹妹使用了那串鑰匙後，躲在廚房的那隻貓將它叼走，但是貓又在深夜時，將那串鑰匙丟進了池子裡。黎明時，池面結冰，鑰匙就這樣被留在池底。這麼一來，就成了被害人在密室下遭殺害的情況。被害人生前自己從房內鎖上房門，兇手趁這個機會使用某個從外面殺害他的詭計。」

「你們聽聽看我這個方法怎樣。」阿松偵探說。「首先，兇手事前先取得被害人的剪刀，讓它凍在冰塊裡，只露出刀尖的部分。然後在冰塊上鑿個洞，用金屬線穿過，吊在天花板上。」眾人皆抬頭望向休息室的天花板，正中央有個懸掛著燈泡的金屬環。「兇手將冰塊吊在那裡，然後做了一個會像鐘擺一樣擺動的機關。」

「要如何啟動機關？」輕松警部說。

「窗戶另一側的牆壁有層架，將冰塊擺在上面，金屬線則是掛在天花板的金屬環上。另外再綁一條金屬線在冰塊上，一路往窗外延伸。當被害人走進房內，來到剛好的位置上時，就從外面拉扯金屬線……」

我們開始想像。冰塊在金屬線的拉扯下從層架上掉落，像鐘擺一樣照著軌道擺動，撞向空松的背後。我們想像冰塊中露出的剪刀刀尖刺向他背後的瞬間。「兇手用的是很細的金屬線，所以能穿過窗戶的縫隙，從外面拉。」

「冰塊和金屬線怎麼處理？留在命案現場嗎？」椴松刑警問。

「只要啟動地下的鍋爐，這個房間就會變得暖和，冰塊也就會融化消失了。金屬線則是能從窗戶縫隙往外拉，加以回收。吊在天花板上的金屬線，以及從窗外拉的金屬線，只要事先綁在某個地方，應該就能一起回收。想必是事先做了安排，讓金屬線可以從天花板的金屬環脫落吧，最後就只剩下刺中被害人的那把剪刀。」

豆丁太露出無法接受的表情，大聲喊道：

「這樣的話，為什麼兇手要殺害空松！殺了這麼好的人！說什麼屁話啊——笨——蛋——！」

「關於這點，兇手或許是想殺其他人。之所以用被害人的剪刀當凶器，其實原本也是打算讓空松背黑鍋。也就是說，兇手搞錯了啟動機關的對象。我就直說了吧，豆丁太老弟，兇手鎖定的對象其實是你。我這麼想是有根據的，也就是被害人穿的那雙襪子。這房間的窗戶雖然被窗簾遮蔽，但從窗簾底下的縫隙可以看到地板。由於從縫隙處看到關東煮圖案的襪子，兇手誤以為是你，而就此啟動機關。關東煮圖案的襪子是你最好的一雙襪子對吧？」

我們全都靜默不語，想像著從他的推理中導引出的兇手形象。每個人似乎都想到了什麼，視線全往嫌味匯聚。之前嫌味和豆丁太扭打在一起，不是曾大喊著「Me要宰了里！」嗎？他肯定懷有殺意。還說他吃完早餐後到外面散步，從這個房間前面經過。也許他是在窗外等候，要看準時機啟動那惡魔的機關。

「等等！這太奇怪了！剛才魚魚子妹妹自己都招供了耶！Me希望里們仔細調查一下這串鑰匙！」嫌味將鐵面人手裡的那串鑰匙一把搶了

過來，嗅聞上面的氣味。「喏，果然沒錯！是魚腥味！這就是魚魚子妹妹用過這串鑰匙的證據！」

然而，鐵面人卻將那串鑰匙搶了回去。

「會有魚腥味是當然的。」

這名手握魚的內臟登場的鐵面人，用同一隻手牢牢地握住那串鑰匙。嫌味慌了，語意不明地大喊一聲「屑——！」，就此逃出房外。員警們追上前去。

嫌味將擺在走廊上當裝飾的盔甲推倒，拔腿狂奔。輕松警部被絆倒，椴松刑警往空中一躍，成功避開。他們在洋館裡奔跑，持續你追我跑。眼看已將嫌味逼進了廚房，沒想到他竟投擲菜刀和西餐刀抵抗。他接著坐上搬運菜餚用的電梯逃向二樓，眾人追了上去。十四松鑑識員一路跑上玄關大廳的樓梯，在二樓的樓梯間撲向嫌味。但就在即將抓到他時，嫌味越過樓梯扶手，抓住枝形吊燈展開逃亡。阿松偵探拿起身邊的古董壺朝他丟去，但嫌味俐落地避開。附帶一提，鐵面人沒加入戰局，他在休息室大啖關東煮，豆丁太幫他又添了一碗。嫌味用存放在閣樓裡的古董步槍展開槍戰，之後逃往屋頂，但最後終於在那裡被十四松鑑識員逮個正著。

「逮捕兇手了——！」

十四松鑑識員以摔角絕招成功壓制，朗聲宣告。

紅色的旋轉警示燈照亮黑暗中的雪花。銬上了手銬的嫌味，被塞進停在洋館前庭待命的警車後座。輕松警部和椴松刑警坐在他左右兩側，坐在駕駛座的則是十四松鑑識員。阿松偵探正準備坐進副駕駛座時，我喚住了他。

「謝謝您幫忙破案。」

但他卻搖了搖頭。

「不，我從來沒破過案。」

的確，這或許不算是破案。

「因為有比破案更重要的事。」

他說完這句話後，向我行了一禮，就此坐進車內。警車向前駛去，輪胎輾過結凍的道路。紅色的旋轉警示燈遠去，離開洋館的占地。空松的屍體擱置在館內。

以上就是整起案件的始末。

由於雇主嫌味被逮捕，我和豆丁太就此丟了洋館的工作。豆丁太開始經營賣關東煮的路邊攤，而我則是朝夢想的偶像之路邁進。

每舉辦一次見面會，我的歌迷就會減少一些，因為他們的手會沾到魚腥味。但我不以為意。我們人啊，能成為自己想要成為的人物。空松說過的那句話仍留在我心中。

每到冬天我就會想起那起案件。不知道那棟老舊的洋館後來怎樣了。原本的屋主鐵面人現在仍住在那兒嗎？聽人說，現在有許多貓住進洋館裡。

★家政婦★

一

山茶花這種花，只要時間一久，就會整朵花掉落地面，而不是花瓣一片片凋謝。那模樣就像人頭落地一樣，所以我在感受到山茶花之美的同時，也微微感到一絲可怕。

當我因冬天的寒意顫抖，由屋主帶領我在神宮寺的宅邸裡參觀時，發現從緣廊可以看到的氣派庭園裡，種有山茶樹。

「每到早春時節，就會像染血般開滿鮮紅的花朵。」

這座宅邸的主人——作家神宮寺典明大師，望著眼前的山茶花說道。大師是一位四十多歲的帥氣熟男。我對小說了解不多，所以不太知道神宮寺大師的經歷，不過，他的寫作類型似乎相當廣泛，從純文學到娛樂小說皆有。

「如果能一直在這裡工作到早春時節，說不定我也能看到山茶花呢。」

「先試聘一個月。不，我希望最好可以先試聘一個禮拜，看情況怎樣。如果沒問題的話，再延長合約。」

如果有問題的話，就不會進一步簽訂長期合約。本以為他是基於這樣的想法才這麼說，但似乎是我想錯了。

「如果您不喜歡的話，隨時都可以跟我說。什麼時候要辭去工作都行。」

「是，我明白了。」

我如此回答，偏著頭感到納悶。他就像在提醒我，就算我中途拋下這個工作跑掉，他也不會責怪我。

「您就先試著在這個家工作看看，確認您是否能接受。不過，請不要勉強自己哦，請辭不是什麼好羞愧的事。」

聽說過去他僱用的家政婦，是因為年紀大而退休。因此他想重聘一位新人，我這才被請來這棟宅邸。話雖如此，我並沒有在家事服務公司登錄，是我父親介紹我來的。我父親與神宮寺大師似乎是高爾夫球友，因為我一直都沒工作，老窩在家裡啃老，他看不下去，而像半趕我出門似的，命我去當住在僱主家工作的家政婦。打掃、洗衣、做飯，我大致都行，甚至應該說還算拿手，所以我認為沒什麼問題。

「對了，有件事得先跟您說一聲……」

家中大致逛過一遍後，我們回到開著暖氣的客廳，在沙發上迎面而坐。在這棟老舊的日式宅邸裡，就只有客廳和餐廳重新裝潢過，地面是木地板。重新面對面後，我才發現神宮寺大師很俊俏，當小說家實在有點可惜。大師先是嘆了口氣，接著以語帶自嘲的口吻開始說明。

「這棟房子有點特別，應該說它蓋在奇怪的土地上。」

「奇怪的土地？」

神宮寺家位在地勢平坦的住宅區正中央。與其他住家的占地相比，面積相當廣大，但稱不上特別。

「山田小姐，您可曾想過人死後會去哪裡？」

他突然改變談話走向，令我感到吃驚。我努力想要跟上這位帥氣熟男的思緒。

「沒有，我不太深入想這個問題……」

「我在這個家出生，打小就一直在這裡生活，常被迫思考這個問題。我就開門見山地說了，這個家偶爾會出現那種東西。」

「那種東西？」

「我也說不清楚，這塊土地就像是通道一樣。」

「什麼的通道？」

「但並不是全國都往這裡匯聚，始終就只有這鎮上過世的人才會來這裡。」

「…………」

「不是有那種連接人間與陰間的出入口嗎？我家好像就蓋在這樣

的場所上面。」

大師想表達的事，慢慢一點一滴滲進我腦中。這座宅邸似乎會發生靈異事件。

「您打算怎麼做？這樣還是願意承接嗎？」

我感到為難。鬼魂很可怕，這確實是個問題。我並不是超自然現象愛好者，不是那種愛去靈異景點的人，聽到恐怖的故事我也會摀耳朵。但神宮寺大師開出的薪資非比一般，我老早以前就想要的名牌包和飾品，從我腦中掠過。

「那麼，我先試著做一個禮拜……」

神宮寺家的占地寬敞，足以蓋十棟透天厝。感覺頗有年代的大門，有一條往內延伸的碎石路，會行經兩旁的石燈籠和松樹，連往兩層樓木造房的玄關。光是玄關的寬度，就足以容納我老家的寢室了。屋柱和走廊用的是黑檀木，整體的氣氛就像一座歷史悠久的寺院。

占地內還有另一棟小巧的別屋，我就在那裡起居。一間八張榻榻米大的和室房間附衛浴，與主屋相比，感覺才剛建好沒多久。雖然沒有廚房，但生活機能已相當完備。不久前，那位年事已高的家政婦就住這裡，大師為我買來全新的棉被。出入口的房門也設有門鎖，安全上似乎沒問題。

我在戶外仍一片漆黑的時候起床，穿著涼鞋走出別屋，忍受天寒地凍走向數公尺遠的主屋後門。後門連接廚房，我著手準備早餐。裡頭備有最新型的電子鍋，煮飯的蒸氣裊裊而升，一路升向天花板，廚房裡盈滿香氣。

屋裡最先起床的人，是神宮寺夏馬。他是神宮寺典明大師的獨生子，一位五官端正的大學生，個子比我高，身材清瘦。他的房間在二樓，平時都在房裡起居，嗜好是蒐集桌遊。

他下樓後來到廚房，起初他都會裝作沒看到我，直接從旁邊走過。奇怪的是，我應該已經進入他的視野，但他卻視而不見，從我身旁走過。

他從冰箱裡拿出一瓶礦泉水。

「呃，早安。」

我向他問候，他這才轉過身來。他一臉驚訝地望向我，然後露出「啊，對哦」的表情。

「早安。妳是……山田小姐對吧？」

這個家的成員，只有神宮寺大師和夏馬兩人，夏馬的母親在他小時候便已病逝。不過廚房裡明明站了個人，卻裝沒看見，難道這孩子有點天然呆？我一邊控制煮味噌湯的火量，一邊思索此事。

「我忘了家裡會來一位新的家政婦。」

他朝玻璃杯裡倒水，如此說道。

「剛才裝沒看見，很抱歉。我一時誤會，以為是有個亡魂站在那裡。」

他喝水的模樣帶有獨特的性感魅力。不愧是繼承了那位熟男大師的基因，想必在大學裡也很受女生歡迎吧。

「妳聽過家父說明了吧？」

「有，大致聽過。」

「那是這座宅邸的規矩，妳最好要遵守。不久就會習慣的，在無意識下就能做到。就像我剛才那樣。」

「哦，這樣啊……」

他剛才走進廚房時，並非沒注意到我。

他看到我站在這裡。

他似乎只是裝沒看見。

當我決定擔任這裡的家政婦那天，神宮寺典明大師對我說：

「只要在這座宅邸裡生活，總有一天會看到亡魂。不過，妳絕不能驚訝，或是叫出聲來。請無視對方的存在，裝作什麼都沒看見。」

「為什麼？」

「他們得自己一個人寂寞地前往另一個世界，所以很孤獨。這時候要是有人發現他們的存在，他們就會誤以為妳會撫慰他們的孤獨，就這樣開始纏著妳，很麻煩的。雖然不會因為這樣而影響健康，但他們會有好一陣子在妳周遭徘徊打轉。個性比較纖細的人恐怕會受不了。」

亡魂一直在找尋能聽到他們聲音的人，想和能看見他們的人見面。就算看到他們，也得裝沒看見。必須假裝沒注意到他們的存在，保持平靜。這麼一來，他們很快就會自然地消失。這就是神宮寺家的規矩。

我做的早餐，神宮寺大師和夏馬都讚不絕口。他們兩人好像都不會自己下廚，自從之前那位家政婦退休後，他們似乎都吃得很克難。這樣也就不枉費我辛苦做飯了。

「熱騰騰的米飯和味噌湯……煎蛋和醃漬醬菜……多麼有人味的

飯菜啊。」

神宮寺大師感慨良深地說道。附帶一提，我沒和他們一起用餐。我會和他們兩人的用餐時間錯開，俐落地忙完廚房的工作。我大致上網查過家政婦的工作，上面提到一般都是這麼做，所以我也決定效法。

夏馬去大學上課，神宮寺大師關在書房裡。大師的書房位於家中南邊，一間日照充足的房間。黑檀木的書桌上有一臺 Mac 電腦，他似乎都是用它來寫作。他在創作時，好像都會喝咖啡或茶，但他都自己泡，所以我沒必要視情況幫他送去。

「我在寫作時，不希望有人進房間。」

大師這樣吩咐我。

我都在上午打掃屋子。前一位家政婦退休後，家中似乎都疏於打掃，積了厚厚一層灰。為了不打擾大師寫作，我盡量不用吸塵器，先以掃把和畚箕打掃乾淨，之後再擰抹布擦拭。

就在我打掃樓梯時，聽到嬰兒的聲音。

啊咕、唔咕……

聽起來是剛出生不久的嬰兒。我沒聽錯，豎耳細聽，確實有聲音。

唔哇、啊咕……

我沒聽說屋子裡有嬰兒。得趕快去保護那孩子才行，我興起緊張的情緒。聲音是從二樓傳來，於是我走上樓，一一確認每個房間。我已獲得許可，在打掃時可以進夏馬的房間，於是我也朝他房間窺望。難道夏馬有私生子？我甚至這樣胡思亂想起來。

唔哇，啊哇……

但聲音似乎是從置物間裡傳來。我走進裡頭找尋嬰兒，就此發現奇怪的事。聲音是從靠近牆壁擺放的衣櫃後方傳來，但衣櫃與牆壁的縫隙只有五毫米左右，聲音就從那樣的黑暗深處傳來。這時我才想到某個可能性，也許這就是神宮寺父子提到的那個東西。

呀啊、唔哇哇哇……

我頓時提不起勇氣往衣櫃與牆壁間的縫隙窺望。我向後退，若無其事地把房門關上，重新回去擦樓梯。

「二樓之後再打掃吧。」

我如此自言自語，離開傳來嬰兒叫聲的場所。過了一會兒，我再豎耳細聽，已沒聽到聲音。

過了下午一點，大師這才走出書房。

「山田小姐，請幫我準備午餐好嗎？」

我將先前已經做好、封上保鮮膜的午飯，放進微波爐裡加熱。我自己一人份的午餐已經吃完。大師似乎不像上班族一樣，會在固定的時間午休。如果寫作順利，他會直接不吃午餐，繼續寫作。他事前已吩咐過我，他的午餐時間難以預測，所以只要事先做好，要吃的時候再加熱就行了。

大師在吃午餐時，我向他報告聽到嬰兒聲音的事。

「這是常有的事。想必是鎮上的某處，有個小嬰兒夭折了，也有可能是死在腹中的胎兒。」

「這種事不能深入細想，這是在這塊土地上生活的要訣。」

「真可憐……」

午後天空烏雲密布。我在想，上午晾的衣服是否該收進屋裡比較好。附帶一提，屋裡的烘衣機是德國製的高級機種，但說明書的日文翻譯寫得複雜難懂，我看得很吃力。前任家政婦雖然年紀大，卻能順利無礙地使用烘衣機，想必能力很強。

我穿著涼鞋來到戶外。晾衣服的庭園與從緣廊可以看到的庭園不同，位於風景單調的位置，但日照方面沒有問題。雖然在冬天的寒氣下，衣物變得很冰涼，但已經都徹底晾乾了。

當我收下夏馬的襯衫時，發現有個人影站在主屋的窗邊。我猜是神宮寺大師在觀察我的工作情況，可是那並不是書房的窗戶。我若無其事地以視線餘光加以確認，發現是一位年約九十歲的陌生老爺爺。看他一臉笑咪咪的表情，想必是壽終正寢，無病無痛，安詳地辭世吧。我如此想像，抱著衣服回到家中。

二

一個禮拜過去，我仍未辭去家政婦的工作，這全是因為豐厚的報酬蒙蔽了我的眼睛。不過，如果說有其他原因，那就是神宮寺大師確實是位風采迷人的男性。夫人很早以前就過世，從那之後他一直都沒再婚。我在想，或許我也有機會。而另一個原因是神宮寺夏馬，他現在似乎沒有特定的交往對象，我同樣也有機會。

他們兩人的長相和氣質都很出眾。神宮寺大師有成熟的魅力，他的沉穩散發知性。夏馬雖然有點天然呆，但他帶有中性的魅力，線條纖細，就像少女漫畫中會出現的大男孩。

我一面做家事，一面偷偷觀察他們的舉止，這已成了我每天必做的功課。我在腦中幻想，要是他們其中一方追求我，或是兩人同時向我告白，我該怎麼做才好。但這終究只是幻想，完全沒這樣的情況發生。根本不可能，因為待在這座宅邸，一天平均會看到亡魂兩次，所以根本不會有那樣的氣氛。

他們兩人坐在客廳裡放鬆休息，我端綠茶去給他們時，發現有位老太太站在角落。我出於本能感到恐懼，端托盤的手不自主地發起抖來，但我強忍著沒叫出聲。夏馬看出我的慌亂，站起身來到我面前，擋住那位老太太，接過我手中的托盤。

「謝謝妳的茶。秋穗小姐，妳可以到對面的房間休息一下。」

他現在已直接叫我的名字。我佯裝平靜，朝他點了點頭，就此走出客廳。他們兩人不管什麼時候看到亡魂，都能表現得好像對方壓根不存在似的。這種視而不見的技術當真高明，只有多年來都在這樣的家庭生活的人才有辦法做到，我無比佩服。

亡魂們只要過一段時間就會自行消失。聽神宮寺大師說，「他們應該是平安地啟程前往另一個世界了吧」。這塊土地是人間與陰間的交界處，是亡魂前往另一個世界時的通道。

老太太消失後，神宮寺大師走出客廳，開始打電話。夏馬告訴我，他是打電話給附近的派出所。

「剛才那位老太太好像是我爸爸認識的人，是家住附近的獨居老人。以她剛才的情況來看，應該是在洗澡時過世的吧。」

「啊，原來如此……」

也就是所謂的「孤獨死」，有時也會有死後都沒人發現的情形。

「通過這個家離去的鬼魂都是在這個地區過世的人們，所以我們認識的老先生老太太出奇地多。這次是我爸爸發現，為了謹慎起見而和員警聯絡，得盡快請公寓的房東去確認屋內的情形。」

「神宮寺家對社會貢獻不小呢。」

我如此說道，夏馬聽了之後，露出略感吃驚的表情。

「不過，這裡是鬼屋哦。」

「不不不，真的貢獻很大。」
不是所有孤獨死都會被發現，像剛才那位老太太有可能死後過了好幾天都沒人發現，所以能防止這種事發生，真的很不簡單。
「這個家還是第一次受人誇讚，聽了有點開心。」
夏馬流露出柔和的表情。我不時斜眼偷瞄他，心裡很滿足。

在神宮寺家的別屋生活已過了一個多月。坦白說，有幾次我都想開口請辭。當我休假回老家，跟我父親聊到鬼魂的事情時，他豪邁地大笑道：
「妳可別到處跟人說哦。要是那裡成了靈異景點，他們可就傷腦筋了。」
父親很清楚他的高爾夫球友神宮寺大師家中的特殊情形。明明知道，卻不告訴我詳情，還推薦我去當家政婦，真是欺負人。

我陸續也認識神宮寺家的左鄰右舍。我幾乎每天都會到附近的商店街採買食材和日常生活用品，他們知道我是神宮寺家的家政婦後，在各方面都算我便宜一點。因為神宮寺家自古以來一直都是大有來頭的當地名門。一些上了年紀的人，也不知為何，都會在門前停下腳步，雙手合十膜拜後才離去。

我跟魚舖的老闆打招呼，問他今天推薦什麼魚，思考晚餐煮什麼好。花店老闆娘攔住我，和我閒話家常。路上遇到總會散步遛狗的一對讀小學的姊弟，我伸手摸摸他們的狗。

有時我也會替神宮寺大師去車站前寄件。途中時常會有沒見過的人向我點頭致意，我偏著頭感到納悶，心想，那個人是誰啊？詳情我不清楚，不過，「那個人好像是神宮寺家新來的家政婦哦」這個消息，似乎已是這地區的人脈網絡所共享的資訊。

常打照面的人物中，有位我特別在意的男性。他是商店街咖啡廳的常客，總是坐在靠窗的位子喝咖啡。他比我年長，應該是介於二十五到三十歲之間吧。他戴著眼鏡，帶有一絲憂鬱，而且單身，所以我可能也有機會。

他名叫竹林真一郎，職業是網頁設計師。似乎總是帶著筆電來往於各家咖啡廳，在外頭工作。

第一次和他說話，是在商店街一家和菓子店的店門前。

那天寒氣逼人，一早天空就布滿烏雲。我聽說出版社的人突然要來拜訪神宮寺大師，因而出門買招待客人的點心。當時剛好竹林先生也在，他買了兩個不能久放的名產大福。

我走出店門時，突然飄起雪來。明明都快積雪了，但我卻偏偏沒帶傘。分不清是白色粒子，還是白色塊狀物的白雪，覆滿整個市街，如果在這樣的大雪中回去，等我到家時，恐怕都變成雪人了。正當我為此發愣時，他向我搭話。

「要用傘嗎？」

眼鏡男向我遞出傘。他脖子圍著圍巾，另一隻手拎著裝有大福的袋子。

「聽氣象預報，這場雪好像下兩個小時就會停了。我會先在那裡工作再回去。」

他指的是和菓子店對面的咖啡廳。

「到時候雪應該也停了。」

「那麼，就謝謝您的好意了。我是……」

「神宮寺大師家的家政婦對吧。」

我點頭，接過傘。他小跑步從雪中穿過，跑進對面的咖啡廳內。

我撐著傘回到神宮寺家，為下午到來的客人做準備，這天我似乎心情特別好，出版社的人還說「這位家政婦一直笑咪咪的，家中氣氛真好」。

隔天放晴，我上午有事外出，決定順便去他家還傘。藉由積極地露臉，加強他對我的印象，我心中的盤算沒讓任何人知道。

屋頂和路面上還留有前一天的殘雪，整個市街充滿白色的幻想。

我向附近的人們詢問後，馬上就知道了竹林家的所在處。住宅區郊外有一處竹林，一條勉強可供車輛通行的小路一路連往竹林深處。雪地上只有一對腳印，想必是昨天竹林先生從咖啡廳返家時留下的吧。雪下了兩個小時左右就停了，之後也沒再下。

小路前方有一棟幽靜的日式住宅。

由於找不到電鈴，我只能在玄關前出聲叫喚。

「不好意思！我是神宮寺家的家政婦山田！我來歸還昨天向您借的傘！」

我叫喚了幾次，但都沒人來應門。我心想，可能是外出吧，正準備就此放棄並離去時，這才發現玄關前的屋柱後面有個電鈴按鈕。我試著按下，家中響起電鈴聲。

感覺大門的毛玻璃後面站了個人，竹林真一郎先生打開玄關的拉門。他眼鏡下的那張臉，氣色奇差無比，隱約看得出他睡眠不足。但他一看到我和傘，便馬上露出笑容。

「哦，是神宮寺大師家的……」

我也回以嫣然一笑。

「在門口一再叫喚，真不好意思。想必吵到您了吧？」

「我以為是快遞，前來開門，沒想到是家政婦小姐您，嚇了一跳。來還傘是吧，這麼專程跑一趟，真是不好意思。昨天突然下起那場大雪，很辛苦吧。」

「當時東京的電車好像都停駛了，來到神宮寺大師家的編輯也說回不去了，為此嘆氣呢。」

我們站在玄關前聊了一會兒。接著我決定拋下心中的不捨，就此離去。我向他行了一禮，返回神宮寺家。

真傷腦筋。我清掃庭園的落葉，不住嘆息。神宮寺大師、夏馬、竹林先生，這三人都是很迷人的男性。如果要交往的話，該選誰好呢？當我一邊做家事，一邊想著這個問題時，時間就此過去。

舉例來說吧，我與竹林先生變得熟識，在陰錯陽差下，他對我一見鍾情，這也不是完全不可能。以後我也可能會在竹林家打點他的生活，並固定到神宮寺家為他們準備三餐。我這樣想像著，正準備走進家中時，發現有個老先生的亡魂就躺在玄關前，發出呻吟聲，但我現在正忙著幻想，所以不予理會。我已慢慢掌握在這個家生活的要訣，那就是活在當下。對未來抱持幻想，亡魂的事就會從意識中淡化。

三月上旬。由於神宮寺大師要參加出版社的派對，特地叫來一輛車。我在玄關前送他出門後，回到開著暖氣的屋內。打掃和洗衣的工作，我上午就已完成。這時候我在鋪榻榻米的房間看到一個上了年紀的亡魂，但現在要視而不見已是小事一樁。這時夏馬也不在家，大學適逢春假，他說要去位於中央線旁的一家桌遊店「雙六屋[7]」，便出門去了。

7. 雙六是一種擲骰子玩的桌上遊戲，類似大富翁。

冬天的寒意似乎也過了顛峰期，天氣略微轉暖。我獨自吃著午飯，悠哉地度過下午。等喝完茶，休息一會兒，就出門買晚餐的食材吧。

我在廚房燒開水，準備茶葉。充當調理臺的桌子位於廚房中央，我在上面將開水倒入茶壺。冒起白茫的熱氣，從我面前掠過。就在那個瞬間，我的眼前白茫茫一片，當一切恢復原狀時，我發現有名年輕女子站在廚房深處。

是個裸女，烏黑的長髮及腰，皮膚透著藍白色。

她靜靜注視著我。

我替茶壺蓋上蓋子。如果是剛來的時候，想必我會呆立原地，流露出可疑的舉止，而讓對方知道我看得見，但現在我已能保有稀鬆平常的舉動。我適應這個家的能力出奇地高，連神宮寺大師和夏馬也很驚訝。

我一面從櫃子裡取出茶碗，一面若無其事地用眼角餘光確認女子的模樣。不到二十歲，約高中生的年紀。有一張像人偶般的漂亮臉蛋，迷濛的眼睛，配上宛如淡色花瓣的嘴唇。四肢像細樹枝般纖細，彷彿輕輕一碰就會斷折。這名少女沒有任何表情，也沒有半點痛苦難受的模樣，所以不知道她臨死時是什麼情況。不過，年輕的亡魂出現在神宮寺家，相當罕見。

少女望著我。我感受到她的視線，也感覺到她希望我發現她的這個意念。但是不行，我得假裝沒發現。當我對亡魂們做出任何反應時，他們就會開始緊纏著我不放。當我泡澡、在廁所，甚至是上床睡覺時，他們都會跑來找我。我似乎不會因為這樣而受到什麼危害，但在精神上一定無法承受。

我從茶壺倒熱茶進茶碗裡，一陣芳香從清澈的綠色茶水中擴散開來。這是神宮寺大師喜歡的茶葉。

「到暖桌裡面放鬆一下吧。」

我將茶碗和當點心的煎餅放進托盤裡，離開廚房。慶幸的是，少女似乎沒跟來。我用視線餘光看那名少女，得知她對我已不感興趣，就只是茫然地仰望天花板。她的黑髮飄動，露出一邊的耳朵。藍白色的頸項，有一塊形狀特別的斑。這塊斑是左右不對稱的心形，呈現銳角，只有這處肌膚泛紅。

我離開廚房，到客廳的暖桌喝茶。打開電視，頻道轉至熱鬧的談話性節目。平時我都有所顧忌，不敢像這樣在客廳裡放鬆，但這次情況特別。就讓我到這裡避難吧。

三十分鐘後，我到廚房去重新沖茶，發現少女已不在了。看來她已順利啟程前往另一個世界。

但有件事令我感到在意。剛才少女脖子上的斑，總覺得好像在哪兒見過。

三

神宮寺夏馬就讀的，是一所錄取分數相當高的大學。他加入桌遊同好會，很熟悉外國的一些小眾棋盤遊戲和卡牌遊戲。他的房間裡堆滿了我沒看過也沒聽過的遊戲盒。

他回到家，我幫他準備好晚餐後，他邀我一起玩一款名叫「榻榻米地獄」的卡牌遊戲。這似乎是日本人創作的作品，是一對一對戰型的遊戲，玩家分別扮演忍者，目的是打倒對方。擺出榻榻米外型的卡牌，鋪設道路，一面擲骰子前進，一面對對手造成傷害。這種日式風格也相當有意思。

「小說家海貓澤 MELON 有參與它的遊戲設計呢。」

夏馬也精通遊戲迷的各種情報。自從以家政婦的身分在神宮寺家工作後，每當夏馬得到新的遊戲，我便常當他的遊戲玩伴。不同於電玩遊戲，桌遊無論如何都需要現場的對戰對手。我似乎很適合當他的對手，這樣也正合我意。隨著遊戲進行，他會露出一本正經的神情，而發現活路時，眼中會帶有炯炯精光。我不時會偷瞄這樣的他，在擺放卡牌時，會碰觸彼此的手。這可說是很充實的時光，是否因此而有進一步發展呢，其實倒也沒有，但這樣我就已心滿意足。

我們邊玩邊閒聊，我向他報告那名女孩出現在廚房裡的事。

「脖子上有塊斑？」

「是的，呈左右不對稱的心形圖案，尾部突尖。我好像在哪兒看過那樣的斑。」

「我也是。」

夏馬微微蹙起眉頭。

我們兩人試著在記憶裡搜尋。

「不是最近的事，對吧。」

「對。是在我來神宮寺家之前，去年在哪兒見過。」

「當時秋穗小姐住在妳家所在的市鎮，我則是住這個市鎮，但我們彼此卻有同樣的記憶，這是為什麼？」

那天晚上，這個謎一直沒解開。他回二樓寢室，我則是回到別屋。

當天很晚神宮寺大師才結束出版社的派對回到家中，我聽到他發出的聲響，但他事前吩咐過我，像這種時候不用特別起床，所以我沒離開被窩。如果是優秀的家政婦，這時候是否該離開溫暖的被窩，走過寒風颼颼的戶外，前往主屋替主人放洗澡水呢？

一早天還沒亮，我正在準備早餐時，傳來摩托車的聲響。我走向玄關，發現摺好的地方報紙已塞進書報箱裡。早餐時，我都會拿報紙給神宮寺大師，但這天他遲遲沒起床，想必是昨晚喝多了。

大師的寢室位於宅邸一樓的深處，就在書房隔壁。快中午時，他終於拉開拉門走出來。我察覺到他的動靜，便開始熱味噌湯，同時從屋柱後方偷偷觀察這位帥氣紳士起床時髮型和衣服零亂的模樣，激起了我的母性本能。平時的神宮寺大師是個中規中矩的人，這樣的反差相當養眼。

「爸，昨天可有遇見什麼知名作家？」

大師在餐廳吃著已不算早的早餐時，夏馬向他問道。現在大學放春假，夏馬沒什麼行程安排，所以今天一整天似乎都會在家。聽說出版社舉辦的派對，許多暢銷作家都會參加。

「大澤老師、宮部老師，還有綾辻老師都來了。」

「太酷了！」

夏馬眼睛為之一亮。一聽到大作家的名字，便像少年一樣有所反應，夏馬好可愛，只能說他真的太有魅力了。附帶一提，我則是擺出一本正經的模樣，從餐廳外偷偷窺望這對父子。

神宮寺大師邊吃早餐，邊看報紙。

「對了，爸，你看一下訃文公告欄好嗎？」

「好，怎麼了嗎？」

「昨天秋穗小姐好像看到一名年輕女子的鬼魂。」

「年輕女子？真罕見呢。」

少女會出現在神宮寺家，就表示她在這個地區的某處喪生。神宮寺大師打開訃文公告欄，但找不到像是少女的名字。上面有幾名過世者的名字，名字後方會標上年紀，但全都是七十多歲到九十多歲這個年紀。

「沒有十幾歲的孩子。」

「因為不是所有死者都會刊登在這裡。」

如果是全國性的報紙，會在訃聞公告欄上刊登的，幾乎都是大公司的社長或名人。以投遞到神宮寺家的地方報紙來說，刊登的是當地居民的訃聞，不過刊登標準會因報社而有所不同。有的是死者家屬提出刊登的申請，有的則是委託辦喪事的葬儀社要求報社刊登。神宮寺大師如此說明。

「是個怎樣的女孩？」

「聽說脖子一帶有一塊斑。」

「斑？」

夏馬針對我看到的那名少女脖子上的斑加以說明。看得出神宮寺大師猛然一驚，表情起了變化。

「我和秋穗小姐都覺得有點在意。好像曾在哪兒見過這個形狀的斑，或是身上有這種斑的女孩。」

「該不會是……」

神宮寺大師停止吃早餐，回到書房裡。不久後，他帶著幾張列印紙回到我們面前，是他從新聞網站上列印的幾篇舊報導。

「去年二月左右，媒體曾喧騰一時，所以有點記憶。我也看過那則新聞，所以還記得。」

夏馬先接過那幾張列印紙，其中一張面向我。是一名穿著高中制服的少女照片，像人偶般的容貌、迷濛的雙眼、花瓣般的柔唇。

「確實是這個女孩。……不過，照片裡顯得比較稚氣。」

確實是昨天我在廚房看到的那名少女，但照片裡的她還帶有些許孩子氣。

「因為這是她失蹤時的照片，大約是一年前……」

少女名叫佐佐木紗菜。原本就讀東京都中心的高中，但去年二月左右突然失蹤。有可能是被捲入某起犯罪案中，大批搜查員展開搜索，但都查無所獲。她失蹤時的服裝是黑色制服，攜帶的物品有學校課本和手機，手機裝在草綠色的記事本型皮套內。她的外貌特徵，以附插畫的方式公開在媒體上。記得我當時確實也在家中的電視上看過相關報導。

簡化的上半身插畫，在脖子處畫了很特別的一塊斑。插畫旁還附上「左右不對稱的心形，呈銳角的一塊斑」這句說明文，莫名地讓人印象深刻。

「這是怎麼回事？」

夏馬困惑不解地低語道。應該一年前就失蹤的那名少女，昨天卻出現在神宮寺的廚房裡。有幾個問題點令人在意。

「會出現在這家中的亡魂，都是剛過世不久對吧？」

我向神宮寺大師詢問。

「我沒仔細調查過，不過他們都是死後馬上出現在這塊土地上。亡魂會經過這個家，從人間前往陰間。」

佐佐木紗菜在東京都中心失蹤後，一直都沒人知道她身在何方，也不知是生是死。

既然昨天她出現在神宮寺家的廚房，那就表示一直到昨天為止她都還活著。而且死亡的地點就在包含這個市街在內的鄰近地區，否則不會出現在這個家中。

這樣能想出何種可能呢？

她一直都低調地在其他地方生活，但昨天來到這個鄰近地區後，就此喪命？

還是說，她一直都躲在這個鄰近地區生活，一直到昨天才過世？

她的死，與別人有關嗎？

根據一年前的新聞報導，認為這不是離家出走，而是綁架事件。如果真是這樣，難道她是被綁架犯擄走，一直到昨天為止都遭到監禁？

想到這裡，某個人物的臉浮現我腦海。如果有這麼一名犯人將佐佐木紗菜帶走的話，或許我知道那名犯人是誰。我姑且算是有懷疑他的理由，但因為無憑無據，而且只是我自以為是的想法，所以我一時猶豫該不該說。

「這件事我先跟一位認識的警方人員說一聲吧。對方知道我家的特殊情況，所以應該會稍微留意才對。不過，可能無法公開展開搜查。」

神宮寺大師如此說道，向列印紙上的佐佐木紗菜的照片合掌一拜。

亡魂們會通過神宮寺家的占地，據說這裡是從人間前往陰間時的通道。我住的那間別屋也不例外，白天我都在主屋生活，所以在別屋遇見亡魂，一定都是在晚上。

當我因為佐佐木紗菜的事而輾轉難眠時，突然感覺有東西掉落在房間角落裡。有某個東西在榻榻米表面爬動。我納悶那是什麼東西，就此鑽出被窩，打開燈查看，結果發現房間角落有個白色的小東西。是人類的胎兒。我裝沒看見，熄燈又鑽進被窩裡。似乎是鄰近地區的某個地方有位孕婦流產了，真可憐。

我在黑暗中閉上眼睛，耳朵聽著胎兒爬動的聲響，思考佐佐木紗菜的事。她的父母應該還不知道女兒已死的事，或許現在仍殷切期盼女兒歸來。應該告訴他們嗎？不，我不認為他們會相信我說的話。

話說回來，那名少女究竟是怎麼死的呢？從亡魂們的模樣，可以略微看出他們臨死時的狀況。我看過因意外跌倒而死的老人亡靈，他們手臂或脖子彎折，姿勢很怪異。出現在廚房的佐佐木紗菜，身體沒有這樣的異常狀況。她脖子上的斑，是她天生就有的胎記，所以應該和死因無關吧。經這麼一說才想到，她身上沒穿衣服。難道當時正在洗澡？

這幾天來，為了佐佐木紗菜的事我相當苦惱。我那近乎幻想的推理，是否該告訴神宮寺大師或夏馬呢？要告訴大師需要一點勇氣，我還是先聽聽夏馬的意見吧。

我準備早餐、晾衣服、打掃。這時有個呆立在走廊上，不知所措的亡魂，我從他身旁走過，前往庭園打掃，這才發現山茶花已經開花了。果真就像神宮寺大師說的，像染血般開出大大的鮮紅花朵。比我還高的大樹上，長出如同血塊般的鮮花。美豔中帶著不祥之氣，有一種很不可思議的感覺。我前往商店街買晚餐的食材時，看到在咖啡廳裡喝咖啡的竹林真一郎。我隔著窗戶與他目光交會，我向他低頭行了一禮。我覺得他有嫌疑。

四

收拾好神宮寺大師和夏馬的晚餐餐具後，我自己也在廚房吃完晚餐。神宮寺大師回到書房，我在浴缸放好洗澡水。

「秋穗小姐，來玩『榻榻米地獄』吧。」

在夏馬的邀約下，我和他一起玩卡牌遊戲。在客廳的暖桌上，擺出榻榻米造型的卡牌，我們邊擲骰子邊閒聊。

「您知道竹林先生嗎？一位戴眼鏡的男士。」

「知道啊。竹林家和我們家一樣，很早以前就在這個市街上了。他們住家四周的竹林也是他們的土地。」

「接下來我要說的話，您或許會覺得是無稽之談，但最近我都在想，佐佐木紗菜小姐可能就是被他擄走，藏在家中。」

「嗯，為什麼妳會這麼想？」

使用卷軸牌，能將榻榻米牌翻面。踩在對手顏色的榻榻米上，就會遭受損傷。

我悄悄觀察夏馬的表情。他盯著現場擺出的卡牌，臉色凝重。他沒對我說的話一笑置之，令我鬆了口氣。

「不久前，我曾經向竹林先生借傘……」

我說出發生在那個下雪日子的事情始末，以及我隔天到他家拜訪的事。

佐佐木紗菜失蹤，大約是發生在一年前；但她化為亡魂，出現在廚房，是最近的事。這不就表示之前她都在這鄰近地區生活嗎？如果要監禁她的話，像公寓這種牆壁太薄的房間一定不行。最好是與周遭的住宅區隔絕開來的獨棟房，而且是那種有隔音設備的建築。因為她求救的聲音絕不能讓鄰居聽見。

「竹林家有這樣的設備嗎？」

「我不知道，但我之前在玄關前叫了好幾聲，他都沒應門。後來我發現有電鈴，按下按鈕後，他馬上就前來應門。」

「所以妳才會想像他當時是在一間隔音完善的房間裡。」

如果牆壁加上能阻斷聲音的材質，房內的聲音就不會傳到外面；相對地，外面的聲音應該也傳不進裡面。

「玄關的電鈴可能是以線路連往那個房間，用來通知他有客人來訪吧。」

我當時大聲喊道「我是神宮寺家的家政婦山田！我來歸還昨天向您借的傘！」，但出現在玄關前的他卻說「我以為是快遞」。他應該是沒聽到我的聲音吧。

夏馬擲出骰子。他的棋子飛越榻榻米，往前移動。

「還有呢？」

「他買了兩個不能久放的大福，明明賞味期限只到當天……」

「買兩個算多嗎？也許是有客人會來訪。」

「隔天地面上留有殘雪，但走向竹林家的腳印卻只有一雙。雪停後，走向竹林家的，應該就只有竹林先生一人。」

那個家裡頭，應該還悄悄住著另一個人，所以他才會買兩人份吧。我被這樣的幻想所困，但夏馬很冷靜。只說出他想到的意見。

有隔音設備的建築，只要在鄰近地區找尋，應該也會有其他房子有吧。就算竹林家有這樣的房間，但他也許是從事音樂活動，為了這個目的才設置有隔音設備的房間。

此外，如果是成年男性，一個晚上吃兩個大福並不是什麼難事。雖說雪地上沒有其他人的腳印，但也不能因此斷言沒有客人來訪。可能是在下雪前就已經抵達，在屋內等他，而住了一晚後，在我前往拜訪後才離開，所以沒留下腳印。

我感覺腦中的迷霧就此散去。

「的確！有道理，太好了……」

「妳的想法被否定，不會覺得不愉快嗎？」

「不，完全不會。以機率來說，我也覺得不會這麼湊巧。」

佐佐木紗菜確實是在這鄰近地區過世，但正好就是平時常會碰面的人將她監禁，應該不會有這種事吧。

我擲出骰子，移動棋子。夏馬低語道：

「不過，以機率來說，也不是完全沒有可能。」

我很希望能抹除竹林真一郎給我的可疑印象。世上有眼鏡男這種類型的男性，也有喜歡這種類型的人。坦白說，我也是其中之一。

三月下旬，一個冬天寒氣漸趨和緩的日子。我替神宮寺大師出門去郵筒寄信，回程時巧遇竹林先生。當時他剛好從咖啡廳走出，我很開心地與他寒暄搭話。我偷瞄他調眼鏡的動作時，他說道：

「聽說神宮寺先生家的庭園，種有鮮紅的山茶花呢。」

「對，會開出像血一般鮮紅的花哦。」

「我家庭園也有，是淡桃紅色，名叫『光源氏』的一種山茶花。」

「哦，真想看呢。」

「您要到我家看嗎？」

「要，請務必讓我拜訪。」

雖然有點繞遠路，但這樣能看到竹林家的庭園。我對山茶花並沒有特別偏愛，但我覺得和眼鏡男邊走邊聊植物的話題，能度過一段很美好的時光。

我們順著竹林夾道的小路一直往深處走去。竹子頂端因承受樹葉的重量而彎曲，阻擋了陽光，給人鬱鬱蒼蒼之感。竹林家已出現眼前，我們繞過主屋和車庫，來到後門。那裡有一座寬敞氣派的庭園。

雖然面積不如神宮寺家的庭園那麼大，但這裡的地面整片都是雪白的碎石，只有零星布置的庭石周邊微帶綠意，當中立著一棵山茶樹。一座屏除其他雜味的庭園，雪白無瑕，讓人不禁心想，也許天堂就是像這樣的地方。

看到眼前的山茶花，不知為何，我想起出現在廚房的佐佐木紗菜。那整片碎石的雪白，令我想起她的肌膚。淡桃紅色的花瓣，就像她的柔唇。

我望著山茶花，與竹林先生聊天。話題圍繞在我當家政婦的工作上，他似乎對我平日生活都是怎樣的作息很感興趣。

「山田小姐，您都住在別屋裡啊？」

「對，我都是在那裡鋪墊被睡。」

聊得正熱絡時，傳來玄關的電鈴聲。

「我一下就回來。」

我自己一個人無事可做，便從面向庭院的窗戶往屋內窺望。我自己也知道這樣的行徑有點低俗，但我對於他都過怎樣的生活很感興趣，我壓抑不住自己的好奇心。

窗戶對面是整理得井井有條的和室。裡頭有佛龕，擺著一張照片，我猜是他父母。不知為何，裡頭還有一支手機，裝在一個草綠色的記事本型皮套內。

剛才耳邊還傳來充滿春意的鳥叫聲，但現在全都遠去，什麼也聽不見。

我心生怯意，向後退卻。

「看到什麼奇怪的東西了嗎？」

不知何時，竹林先生已經走了回來，手中拿著一個像快遞寄來的信封。剛才玄關的電鈴聲，應該是送信的快遞按的吧。我以顫抖的聲音回答道：

「不好意思，我剛才踮腳看到屋內有佛龕。」

他走到我身邊，往屋內窺望。

「您該不會是對擺在那裡的手機感到在意吧？」

「呃，是有一點。」

「那是我已故的妻子使用的手機。」

「妻子？」

我腦中一片混亂，我沒聽說他結婚了。

「您結過婚啦。」

「對，我很愛我的妻子……」

他眼鏡底下的雙眼充滿悲嘆。如果我什麼都不知道的話，想必會為之感到胸口一緊吧。但我還記得佐佐木紗菜失蹤時，身上帶著一個裝在草綠色記事本型皮套內的手機。

「……她是個怎樣的人呢？」

我裝作什麼都沒發現，持續和他閒話家常。裝作不知道。自從開始從事家政婦的工作後，這已成了我的拿手絕活。

「我妻子是個美人，長得和家母有點像。我們在一起的時間只有短短的一年多……」

「真抱歉，問您這麼多事。」

「沒關係的。我一直想和人聊我妻子的事，這樣正剛好。」

我向他行了一禮，離開他身邊。

「我也差不多該回去了，接下來得趕緊準備晚餐才行。」

「謝謝您來看山茶花，紗菜也會很高興的。」

「紗菜？」

「是我妻子的名字。她剛來這裡的時候，我剪了一截山茶花的樹枝擺在屋裡當裝飾。她很高興，還說她喜歡這種花。」

雪白的地面就只立著一棵淡桃紅色的山茶樹，竹林先生瞇起眼睛望著它。

我向他點頭致意，默默離開。當我繞過房子來到正門，還是覺得很可怕。很擔心他會追過來，從後面架住我。

當我快步穿過那條竹林夾道的小路時，不知為何，一臉擔心的夏馬出現在前方。

「啊，秋穗小姐。」

我不知道他為什麼會出現在這裡，但這給了我無比的安心感。我忍不住撲過去抱住他，淚水奪眶而出。他雖然一臉驚訝，卻沒把我推開。

和夏馬一同走回神宮寺家的這段路上，我漸漸對剛才把臉埋在他胸前的行徑感到羞愧，還讓他看到我哭的樣子。附帶一提，他之所以會出現在那裡，是因為他碰巧看見我和竹林先生一起走。

「我在想，妳應該是編了個藉口，想到竹林家找尋犯罪證據。這很像妳會做的事吧？」

「我才沒有呢！」

「我心裡想，妳要是給竹林先生添了麻煩，那該怎麼辦才好，擔心極了。」

他似乎不是在擔心我的安危，這種心情真複雜。

我將自己與竹林先生的對話，以及擺在佛龕裡那支像是佐佐木紗菜的手機，毫不隱瞞地全告訴了他。抵達神宮寺家時，夏馬告訴神宮寺大師這件事，大師馬上打了通電話。應該是與他警界的友人聯絡吧。

「妳今天可以休息沒關係。」

夏馬對我這樣說道，於是我提前結束手上的工作。當我準備打開別屋的房門時，發現我掛著鑰匙圈的鑰匙好像不見了。但我事先將備用鑰匙藏在主屋的廚房裡，所以這問題一下就解決了。

隔天，警察前往竹林家，但竹林先生已不在那兒，現場只留下一封遺書。

竹林家果然有個隔音設備完善的房間，那裡似乎留下曾經監禁少女的痕跡。因為他都是用宅配的方式寄送兩人份的食材和日常用品，所以附近的居民也都沒人發現屋裡還住著另一個人。之前我前去還傘時，佐佐木紗菜還活著，人就在屋內，想到這點就不禁寒毛直豎。

據竹林真一郎的遺書所言，他對這位長得很像他亡母的少女一見鍾情，忍不住將她帶回家中。起初少女很怕他，但過沒多久，兩人便轉為相愛。這是真的嗎？據他的主觀認定，或許是這樣吧。

「遺書的日期是紗菜過世的隔天。他似乎也想尋死，但遲遲無法下定決心，似乎還提到他怕自己一個人死。當他一直這樣延宕時，山田小姐為了看山茶花而到他家拜訪，發現了擺在佛龕裡的紗菜小姐遺物。」

神宮寺大師說。

竹林先生應該是想找個人說這件事吧。和鬼魂一樣，希望有人能發現。或許在達成這個心願的此刻，他終於能下定決心離開人世了。

佐佐木紗菜的遺體，似乎就埋在鋪滿庭園的白色碎石下，就在開出淡桃紅色花朵的山茶樹旁。但挖掘出的遺體，並非只有佐佐木紗菜。

從兩人遺留在竹林家的生活痕跡中，還發現有嬰兒喝的奶粉和奶瓶等各種養育嬰兒用的物品。據遺書所述，佐佐木紗菜曾經懷孕生產。今年一月左右，好像產下一名女嬰，但不久就夭折了。

埋在山茶樹旁的另一具遺體，是她的孩子。孩子夭折令佐佐木紗菜的心靈崩潰，她一直處在危險的精神狀態下，來到三月後，她服下大量安眠藥自殺。遺書中提到，她進浴室洗澡，把門鎖上，就此一睡不醒。

當初我剛到神宮寺家當家政婦時，曾在二樓的置物間聽到嬰兒的聲音。以時間來看，她的孩子夭折正好就是那時候，也許就是那個嬰兒。

入春後，日出的時間提早。冬天時，我總是在窗外仍一片昏暗的時間就在廚房淘米，所以我深切感受到季節的更迭。那是先前在自己家中悠哉過日子時，不會發現的變化。

神宮寺大師與夏馬起床洗臉。在餐廳吃我準備的早餐，接著夏馬去大學上課，神宮寺大師則是待在書房。我打掃、洗衣、掃除庭園的落葉，過沒多久，接著又要準備午餐了。

「山田小姐也坐下來一起吃吧？」

平時我都在別的地方吃飯，但在僱主主動邀約的日子，我會同桌一起吃午餐。當我們泡茶閒聊時，一位陌生的老年人從我們身旁走過。

不可以在意，應該是鄰近地區又有人過世了。我喝了一口冒著騰騰熱氣的熱茶，感覺從腹中升起一股暖意。神宮寺大師感慨良深地說道：

「即使季節改變，山田小姐還是繼續在我們家裡當家政婦，真是意想不到啊。」

「畢竟這裡的職場環境很特別嘛。」

「您堅韌的精神力也令我驚訝，本以為年輕女孩都會大聲尖叫逃跑呢。」

我臉上浮現微笑。面對亡魂這種可怕的東西，我之所以沒屈服，全是因為躲在柱子後面偷窺俊俏的神宮寺父子，是我最大的享受，所以才不以為意。不過這件事是我心裡的秘密。

「今後也請多多指教。」

「哪兒的話，我才是呢。」

神宮寺大師向我低頭行了一禮，我也急忙回禮。

「對了，我那位警察朋友跟我聯絡，說發現竹林先生的遺體了。」

警方和媒體一直在追查竹林真一郎的行蹤，但一直都找不到人，就此過了一段時間。雖說他已留下遺書，但沒找到遺體，所以認定他逃亡，發布通緝令。

但只有我們知道，他其實已經死了。

那是發生那場風波後過沒多久的事。我在別屋的被窩裡睡覺時，感覺房內角落站了個人。由於月光從窗戶射進屋內，所以隱約可以看見室內的情況。

站在那兒的，是一位戴著眼鏡，我曾經見過的男子，正用一臉茫然的表情俯視著我。當時我已聽說遺書的內容，所以我馬上明白，他最後終究是結束了自己的性命。

我沒出聲叫他，就這樣裝沒看見，再度沉沉入睡。

只要放著別管他就行了，不久他就會消失的。這是神宮寺家的規矩。

當我醒來時，他已不在了。

「可是，有件事有點奇怪……」

神宮寺大師望向窗外。小鳥停在庭園的樹枝上，引吭高歌。

「聽說他的遺體是在離這個市街很遠的山中被人發現，是上吊身亡。」

…………

這樣確實奇怪……

如果他是在離這個市街很遠的山中喪命，應該不會出現在我睡覺的這間別屋才對。

「而且遺體腐爛的狀況並不嚴重，好像是這幾天才喪命的。」

這麼說來，那天晚上我看到的他，到底是什麼？

「我記得他在遺書上寫到，他害怕自己一個人死，也許他在找肯和他一起死的人。」

如果我遺失的鑰匙，是他撿去的話……

那天晚上站在我房內的到底是……

★底片★

〈底片〉

作詞・作曲：星野源

如同笑臉般　形形色色皆有的世界
美麗的景色　有多少是真
在如同底片的眼瞳深處
逝去的事物　我們要看多少才夠

在燈光下拍不出黑暗
如果想拍進底片　沒錯
就要連同謊言　一起放在面前

無論如何　都會有撕心裂肺的痛苦時候

即使黑夜來臨　一切仍會牢記心中吧
但今後應該也會有
朗聲歡呼　開心雀躍的日子吧

心中總是充斥著　諸多莫名其妙
畫面中的事　有多少是真

既然如此　就睜眼說瞎話吧
即便是痛苦的結局　仍笑著面對
沒錯　反正也是造出來的

無論如何　就算是無法消除的小傷痛
也願我們能在雲端上笑著欣賞

既然如此　就努力打造吧
打造眼前的景色
對吧

無論如何　都會有撕心裂肺的痛苦時候
即使黑夜來臨　一切仍會牢記心中吧
但今後應該也會有
朗聲歡呼　開心雀躍的日子吧
一切仍會牢記心中吧　今後應該也會發生吧

1

「這是底片筒，裡頭裝有八釐米底片。」

你房間的桌子上，疊了好多個銀色的圓盤狀底片筒。約一公分的厚度，直徑大小剛好可以放在手掌上。你拿起一個底片筒，試著讀出蓋子上的標籤。上頭寫有你的名字和日期，你試著確認其他底片筒，同樣都寫著你的名字和日期。

「趕快來看吧，我也是第一次看呢。」

從小一起玩的少女，不知從哪兒取出一臺放映機，擺在桌上。在這個動作的衝擊下，底片筒彈離桌面，發出聲響。

你確認底片筒上的日期，發現一個奇怪之處。你正猶豫該不該詢問時，少女已用熟練的動作將八釐米底片放進放映機裡。

光線投向設置在你房裡的簡易型布幕上，浮現出空中飄舞的灰塵。隨著馬達聲，傳來卡啦卡啦的底片轉動聲。開始播放，出現模糊的影像。你的身影映照在布幕上，底片筒上所寫的日期，是從今天起算的一年後。

2

「焦距看起來模糊，這是因為處在有多個未來重疊在一起播放的狀態。」

從小一起玩的少女說道。

「這是一年後的平均樣貌。」

未來相當多樣。如果以平均的樣貌顯現在底片上，似乎就會出現模糊的輪廓。

一年後的你，一樣在打工地點被訓斥。雖然參加聚會，卻插不上話，在回去的路上，看著大家和樂融融，聊得熱絡，只有你自己一個人跟在後頭。如果是三個人聚在一起，你之外的其他兩人會親密地聊天，而無事可做的你，為了不讓人感覺到你的孤獨，你會拿出手機，連不感興趣的新聞也看得滾瓜爛熟。那和現在的你沒有兩樣。

從小一起玩的少女露出尷尬的表情。你已好久沒見過她了，她不知道你現在的情況，也是情有可原。

「我知道你過著這樣的生活，也大致看過資料。不過還是覺得有點……不好意思。」少女一臉歉疚。

你在十五歲左右的年紀有過一段痛苦的遭遇，因此常會低著頭，也因為不擅與人溝通而遭到霸凌。陷入人群恐懼症的你，大學時成了繭居族，後來在家人的幫助下才得以重回社會，但在打工地點總是被嘲笑。你不懂為什麼每天都過得這麼痛苦，沒有夢想，也沒有存款，還不如死了算了，抱持著這樣的想法在都市裡生活。這就是你。

3

底片播放結束。打開房內的燈光，接下來少女拿起寫著五年後日期的底片筒。換好底片開始播放後，映照出模樣比剛才更模糊的你。

「因為重疊的未來增加了，所以輪廓會變得更模糊。」

五年後的狀態還是一樣類似。令人吃驚的是，你到公司上班了，但一樣過著孤獨的日常生活。被上司責罵，無法和同事打成一片。你最痛苦的，就是在超市採買的時候。窺見來來往往的人們、各式各樣的家庭、生活，以及人生，這更突顯出你自己的孤獨，讓人想哭。

「呃，接下來看十年後的情況吧……」

少女很在意你的神情，更換底片。沒什麼好期待的。不，才剛播放沒多久，你的表情就轉為驚訝。我就是在等這種底片——少女就像很想這麼說似的，對你說道：

「這終究是許多個未來的平均值，未來不見得一定會這樣。」

十年後的你結婚了。

4

結婚對象的模樣，也是以多張不同的臉重疊的狀態下，記錄在底片中。

「這個人並非特定的某個人，是由許多個可能成為結婚對象的人物平均而成的模樣。」

少女以認真的眼神，注視著映照在布幕上的你以及你的結婚對象。她的眼神中透著羨慕，以及悲傷。

你很清楚。由多張不同的臉重疊而成的結婚對象中，沒有這位從小一起玩的少女。

當結婚對象的肚子逐漸隆起時，底片再度更換。底片上的日期又往後多加了一年，你手中抱著嬰兒。你們繼續看這之後的人生，那孩子逐漸成長，當中有那孩子被其他孩子弄哭的模樣。少女瞇起眼睛，流露出憐愛與懷念夾雜的表情，也許那孩子的模樣與少年時代的你重疊。

「根據資料，這孩子遺傳了你的個性，成績在班上很可能是屬於末段。不過，他過得很幸福。資料上是這麼寫的。」

少女伸手疊在你的手背上。

「你很了解孤單一人的寂寞，所以你不會冷落家人。正因為很了解弱者的不安，所以才會陪在孩子身邊。你說的話總有一天會傳進孤獨的人們心中，了解寂寞為何的你所說的話，能治癒許多人心中的寂寞。徘徊在死亡深淵，但最後還是選擇活下去的你，或許有資格表現出生存的喜悅，有資格闡述人生的意義。」

你可以選擇。

是應該跟少女走，還是留下來。

在看影片前，你原本滿腦子想的都是要跟這位懷念的少女一起走，但後來你發現自己改變了心意。少女說：

「這樣就對了。為了催促你做出決定，我才讓你看影片。別因為之前曾丟下我而感到內疚，請笑著活下去。」

5

你在醫院的病床上醒來。家人告訴你情況，說那是一起交通事故。你一度心跳停止，連日都處在昏睡狀態。你在夢中看見懷念的人，從小一起玩的少女，仍是當初辭世時的模樣，只有你變成現在這副成人的模樣。

當身體恢復時，夢裡的內容也隨之變得模糊。夢中的餘韻已完全消失，回歸原本的生活。你在都市裡過著忙碌的日子。你差點迷失自我，但你還是非得活下去不可。有時也會因為發生難過的事，而呆立原地，也會有撕心裂肺的痛苦夜晚。但有多少痛苦，就應該會有開心雀躍的程度和它一樣，或是更甚於它的日子。你如此深信不疑，繼續過日子。

★悠川小姐想入鏡★

一

某個網站刊登了靈異照片。

一張瀑布的照片，上面拍出像是靈魂的神秘白光。

一張人物紀念照，單腳很不自然地消失不見。

照片旁附上了靈能者的看法。

「死者的靈魂在這個地方徘徊。」

「這個人的腳很可能會受重傷。」

我的目光停在上頭刊登的一張照片上。

一名年約十歲的少年，面帶微笑地站在一棟木造民宅前。可能是考慮到要隱藏照片人物的身分，刻意畫黑線遮住少年的眼睛。背景的樹影處有個像人臉的東西，望著少年。

「拍到從以前就在這塊土地上的靈。」

不過，這是我用修圖軟體做成的。

照片中的少年，是當時才十歲的我。背景的民宅，是我小時候住的老家。樹影中的那張人臉，不是從以前就在這塊土地上的靈，而是我掃描祖父的舊照片加以合成。

換句話說，這位靈能者不可能從照片中感應到靈，他只是隨口提出看法，而看這個網站的人，大多也都明白這點。雖然明白，卻又樂在其中。這位靈能者就算面對這種造假的靈異照片，仍可投入濃濃的情感，煞有其事地發表意見，這也算是過人的技藝了。

有幾個網站也都在公開募集靈異照片。像製作超自然節目的電視臺網站、靈能者網站、個人經營的特殊嗜好網站等等，形形色色皆有。我喜歡看這些網站，並寄出自己合成的假靈異照片去投稿，從中找樂子。

我一整天都待在房間裡合成靈異照片。因為我沒工作，也沒戀人，所以一直都沒和人說話，連續好幾天都窩在公寓裡合成照片。偶爾會有大學時代的學妹邀我一起出去玩，但我一概拒絕。就算她說是男女皆有的聚會，我聽了也只覺得煩。加工照片，創造一個人與鬼魂共處的世界，對我來說相當重要。

我巧妙合成的照片中，產生了一種靈的真實感。讓人覺得陽間與陰間在短暫的一瞬間彷彿真的重疊在一起。

我完成的作品並不會全都拿去投稿，只有我認定滿意的作品，才會透過網站的募集表單送出。但從不久前開始，我面臨一個傷腦筋的問題。我用來合成的素材照片已經用光了。

這是去年發生的事，電視上介紹的靈異照片，被查出是盜用網站上的個人照片，就此成了討論的話題。
節目中介紹的照片，背景有一張像是鬼魂的臉，但照片的主人在網站上刊登的照片，卻找不到像鬼魂的東西。換句話說，這是有人加上鬼魂後製而成的假照片，在世人面前露出了馬腳。
不知道這是節目製作人所為，還是像我這種熱中合成靈異照片、四處投稿的人所為。不過，盜用別人的照片是違法的行為，此事毋庸置疑。
因為這個緣故，我在合成靈異照片時，不再使用別人的照片，而是用自己擁有的照片。幸好我手上有家人的老相簿，我從中挑選照片，掃描後存進電腦，用來合成。就算被這些節目採用，也不會有人上門抱怨。
家人的相簿中，貼了好幾張用底片拍攝的照片。焦距有點模糊，而且顏色也不好，但這樣反而醞釀出一種詭異的氣氛。相簿一共有五本，連我和哥哥誕生前，我父母的年輕照片也保存在內。背景所拍攝的車輛形狀和家具設計都很有昭和風。我老家幾乎已在大火中燒毀殆盡，但裝滿相簿的箱子存放在火災中倖存的倉庫內，就此躲過一劫。

我喜歡的合成方式，是一次採用兩張照片。從相簿中選一張當基底的照片，以及另一張要合成臉或手等素材時會使用的照片，存進電腦裡。

這次，靈能者的網站刊登的是我十歲時的照片。這表示今後要是再用我十歲時的照片投稿，會有風險。如果是眼尖的此道愛好者，可能會發現「照片裡的少年，我曾經在哪兒看過」、「背景的這棟房子，我有印象」。這樣會被看穿，知道是出自同一名作者之手的假照片。

那麼，該怎麼做才好呢？

只要自己拍攝靈異照片用的照片，增加它的數量就行了。我買來一臺相機，開始出外找尋能充當靈異照片的風景。

由於正值冬天的寒冷時節，我穿著厚大衣在外頭散步。邊走邊朝小巷弄、墓地、高架道路下拍照。說到外出，我前一陣子只會到超商買食物和酒，但現在因為養成在戶外行走的習慣，感覺整個人變健康了，心情也開朗許多。

我在東京住的地區離都心有段距離，仍保留了一些雜樹林和竹林。每當夜幕來臨，就會籠罩在寧靜的氣氛下，形成暗影。說來也奇怪，行人就此消失，巷弄彷彿一路連向一個陌生的地方，令人陷入這樣的錯覺中。

冬季期間，我會以製作靈異照片為前提，像這樣四處找尋適合的風景，激發出我的某種才能。一些看起來平凡無奇，一般人不會特別留意的風景，我就是能看出合成鬼魂的重點在哪兒。

走在巷弄裡，不知為何，有個地方令我在意。我停下腳步，細看眼前的景色，這時，「我想試試看把鬼魂合成進這棟公寓的窗邊！」這股衝動驅策著我。我就像看到絕佳構圖出現在眼前的攝影師般，興奮地按下快門，回家後在窗邊合成鬼魂。雖說是鬼魂，但並不是真的。是從家人的舊相簿裡擷取祖母的模樣加工而成，藉由影像處理，配合顏色，讓輪廓變得模糊。原本的臉經影像處理後已看不出來，所以關於鬼魂的素材，我可以盡情使用家人的照片，不會有問題。完成後的成品無可挑剔，日後我試著在可以搜尋凶宅的網站上確認，得知那棟公寓好像發生過一起老人離奇死亡的案件，不過這應該純屬偶然吧。

市街外郊的大樓，也散發一股讓我很想合成鬼魂進去的氣氛。我從舊相簿裡擷取哥哥的模樣，讓他混進那浮現在水泥牆面上的詭異汙漬中，一張邪氣逼人的靈異照片就此完成。日後我調查發現，那棟大樓發生過一起全家人自殺的案件，似乎是知名的鬧鬼景點。但我沒有靈能感應，所以沒發現是這樣的地方。

我走在車站前，發現有個人令我感到在意。是一位下班返家的中年上班族。一股衝動驅策我拍下他，合成靈異照片。他停下來等紅綠燈時，我悄悄接近他，朝他的背影按下快門。回家後，我從舊相簿中擷取出我父母的手，與照片中的上班族合成。拍出不知道來自哪裡的神秘之手，這種靈異照片是人氣頗高的一種類型，我個人也很喜歡。

後來某天我走在住宅區，碰巧遇見那位上班族。為了到公司上班，他剛走出家門，他住的房子所在的地方，以前有一對夫妻因發生火災而命喪火窟。

會讓我產生創作衝動的場所或被拍攝的對象，碰巧與不吉利的死亡有關，但這都只是毋需在意的小事。就機率來說是有可能發生的事，畢竟自人類在地球上誕生以來，累計人數已達一千零八十億人，其中大半都是在地球上的某處死亡。要找出一直都沒死過人的土地反而才困難。

那是三月下旬的某一天，天空烏雲密布，略顯陰暗，冷風颼颼。我帶著相機出外散步，行經與隔壁市街交界的十字路口時，我停下腳步。「把鬼魂合成進這個風景吧」，我的靈魂命令我這麼做。我不知道是什麼在刺激我的直覺，是路面的暗影嗎？是電線上那一排烏鴉形成的黑影嗎？我微微蹲下，讓電線桿能擠進鏡頭內，從各個不同的角度來拍攝十字路口的照片。這時身後突然有個聲音向我喚道。

「請問你在做什麼？」

轉頭一看，一位年紀像大學生的女孩站在我身後。烏黑的長髮及肩，髮尾剪得很平整，一身秀麗的裝扮。她穿著短袖上衣，露出肩膀，難道不覺得冷？

「在拍照嗎？」

「啊，不，也不算是……」

眼下被迫有和人對話的必要，我一時不知所措。由於已接連好幾天沒和任何人交談，我一時說不出話來。甚至心想，得馬上逃離才行。像她這種年紀的女孩，看到我這種可疑的男性，一定會馬上報警。沒錯，我對自己的可疑行徑很有自覺。要是我告訴她，我是為了合成靈異照片才拍攝風景照，她一定會馬上報警。因為這可是靈異照片啊。

「難道你是Google的人？」

「Google？咦，為什麼這樣說？」

因為這句話出乎我意料之外，所以我忍不住反問。

「不是有什麼街景照嗎？所以我才想，你可能是在拍那種照片。」

女孩豎起食指。Google公司的服務當中，有一項是以全景照的方式提供道路沿途風景。她似乎誤以為我是製作街景照的人。

「我不是Google的人，而且聽說那是在車頂上裝設專用的全景相機進行拍攝。」

「這樣啊。那麼，你是十字路口迷嗎？」

「……對，我喜歡拍攝十字路口。」

就將錯就錯吧。我承受著女孩的視線，決定再拍幾張照就收工。我迅速決定好構圖，按下快門。當我準備拍下最後一張時，女孩跑到相機前，比了個 Yay 的姿勢。

「喂，妳這是在幹什麼……」

「因為太閒了，一時忍不住。」

她語帶嘆息地說道。

「我最近一直都在這裡——」

最近一直？什麼意思？這女孩是怎麼回事。我心裡感到納悶，重新握好相機。這時，我覺得不太對勁。再次放下相機，望向十字路口，接著再次拿起相機，確認液晶螢幕。剛才女孩明明站在我和十字路口中間，但此刻液晶螢幕上顯示的，卻是空無一人的十字路口。

二

最後一次有人造訪我的住處是什麼時候呢？那已是一年多前的事了，好像是和我大學時代的學妹在住處裡喝酒，那大概就是最後一次吧。最近都沒人進過我的住處，所以脫下的衣服和看到一半的書都被我隨手亂扔。我迅速將這些東西集中塞進壁櫥裡，短短幾分鐘內便收拾完畢，接著我打開房門。

「呃，妳可以進來了。」

我的住處位於一棟木造公寓的二樓。我從玄關向外探頭，望向走道，但空無一人。正當我覺得納悶時，背後傳來女孩的聲音。

「這房間挺不錯的。」

這名年紀像大學生的女孩，人已在我的住處裡。她愜意地坐在和室椅上。她是什麼時候進來的？我住處的窗戶緊閉，而且還從屋內上鎖。要進入室內，應該只能從玄關，但她並未從我身旁走過。

「烏丸先生，你就住這兒啊。」

她很感興趣地觀察室內。

「雖然小了點，但感覺住起來很舒服，還好附身的人是你！」

她張大嘴巴，「啊哈——」地開懷大笑。

悠川夕夏，得年二十一，生前的夢想是當一名幼稚園老師。之前在十字路口聽她說明過，所以知道她是鬼魂。一開始，明明肉眼看得到她，但相機的液晶螢幕卻顯示不出她的身影，令我深感不可思議。後來我試著又拍了一次，但一樣拍不出來。正當我偏著頭百思不解時，她來到我的身旁，一起望向相機螢幕，對我說「也許是它故障了吧？啊，也可能是因為我已經死了，所以拍不到我！」。起初我當她是在開玩笑，但這時碰巧有輛自行車經過，直接從她身上穿越。我嚇了一大跳，跌坐在地上，她伸手想扶我起來，但我的手卻揮空，握不住她的手。她的肉體就像煙霧一樣，怎麼也摸不著。

據悠川解釋，她是在這個十字路口遭遇交通事故，就此喪命，之後一直都待在同一個地方。難道她是地縛靈？所謂的地縛靈，是待在死亡時所在的土地或建築上，始終無法離開的鬼魂。但為什麼她現在會在我的住處？

我好像被她附身了。從十字路口返回公寓的這段時間，她都跟在我後頭，我一再問她。「妳為什麼跟著我？」「變成鬼魂後，你是第一個能聽見我說話的人。請讓我跟著你，一下子就好。」「不要！」我改為用跑的逃離，但因為平時缺乏運動，一下就被追上。不同於跑得氣喘吁吁的我，已沒有生命的悠川別說喘氣了，連呼吸都沒有，所以我當然贏不了她。

悠川站起身，開始在房內東看西瞧。

「烏丸先生，你從事的工作是…………？」

她和我話說到一半，突然把臉埋進冰箱的門內。她高挺的鼻子緩緩沉入冰箱表面，接著連同後腦整個沒入。她剛才那句話的後半段，可能因為說話時在冰箱的密閉空間內，所以聽不清楚。聲音在冰箱內顯得含糊不清，這表示她不是直接對我腦內傳音嘍？還是說，是鬼魂自己在模擬人世的空間？話說回來，我不希望她擅自看我冰箱裡的東西。或者應該說，冰箱裡一片漆黑，應該什麼都看不到吧？因為她是鬼魂，所以看得到嗎？悠川從冰箱裡拔出頭來。

「你好像不開伙呢。對了，你從事什麼工作？」

「我現在沒工作。前不久剛離職，現在無業。先不談這個，妳真的是鬼魂嗎？」

「看就知道了，不是嗎？」

不，光看根本看不出來。如果她不做這種穿透物質的行為，看起來和一般人沒兩樣。既不會輪廓模糊，也沒呈半透明狀。房內的燈光讓悠川的前額留下她劉海的影子，地板上也留有她的影子。

「還查得到那場交通事故的報導對吧？」

「話是這樣沒錯。」

她喪命的那場交通事故的報導，網路上還查得到。去年夏天，在那處十字路口確實有名女大學生被車輛輾斃。她現在之所以穿著短袖上衣，也是因為她遇上交通事故時是夏天，當時她就穿著這身衣服。她果然是鬼魂，我不得不承認，之所以沒激起我強烈的恐懼感，是因為她始終都是那悠哉的表情。

「烏丸先生，我想上網。」

悠川走近電腦桌。她從我身旁走過時，沒半點空氣流動的動靜。

「現在這個時代，連鬼魂也會上網啊……」

「自從我死後，一直都沒查看我的電子郵件信箱。」

「可以啊。不過，妳沒辦法用滑鼠吧？」

她無法以物理性的方式干涉這個世界。

「烏丸先生，你可以按照我的指示操作嗎？」

我心想，為什麼我得這麼配合，但我現在似乎被她附身，還是別惹她不高興，方為上策。我總覺得，今晚她會直接在這裡待下。明天她會乖乖回十字路口去嗎？也許查看過社群網站後，她就會升天去了。

我坐在電腦前，手握滑鼠。螢幕從休眠狀態中啟動，畫面轉亮。

我按照她的指示，連往Google提供郵件服務的網站。她告訴我帳號和密碼，我依序輸入。成功登入，信箱裡有寄給悠川的郵件。在不得已的情況，我看了別人的郵件。她的朋友們在得知悠川的死訊後，仍相信她會收到郵件，因而寄出令人感動的悼念郵件。大致看過一遍後，悠川心滿意足地伸了個懶腰。

「謝謝你呀——」

「能讓大家這樣悼念妳，真是太好了。」

「是啊，大家都很替我惋惜。那麼，接下來看LINE的未讀訊息。」

「咦？」

「等看完後，也請幫我看一下Facebook和Twitter的帳號。」

我按照她的吩咐，登入她的各種社群網站，將傳到她帳號的悼念訊息全看過一遍。她生前似乎有不少朋友，看得出來大家都很喜歡她。

她對著電腦螢幕說道：

「大家都寫說，不敢相信我死了。」

二十一歲就離開人世，真的太早了。我也這麼認為。

悠川從我的臉頰邊望向電腦螢幕，螢幕的亮光照亮她的臉和脖子。她的頭髮碰觸我的臉頰，但一點都不覺得癢。應該是在頭髮碰觸臉頰的瞬間，直接就穿過皮膚表面吧。她就像是一陣煙霧。

「哎呀，真是心滿意足。」

「那太好了，請妳升天吧。」

悠川夕夏就像聽到什麼笑話似的，發出「啊哈——」的笑聲。

「現在還不行，因為我在人世還有放不下的事。」

我泡澡，或是躺在床上睡覺時，她都在看電視。我建議她可以自己一個人去哪兒走走，但她始終都依附著我，所以只要我窩在家裡，她也無法外出。之前她在那個十字路口時是依附在土地上，所以無法離開那裡。她推測，應該是和我交談成了契機，她的依附對象才會從土地改成了人。

隔天，我為了每天的例行功課外出。

「你都在拍什麼？你不是十字路口迷嗎？」

當我手持相機，對準鐵路旁的鐵橋時，跟在我後面的悠川如此問道。經這麼一提才想到，我之前騙她，說我的嗜好是拍攝十字路口的照片。

「之前說我是十字路口迷，那是騙妳的。其實我拍的是靈異照片。」

「靈異照片?!世上有鬼魂嗎?!好可怕！」
她以略顯僵硬的表情，望向我相機瞄準的方向。
「妳就是鬼魂。而且我沒有靈能感應，所以看不到鬼魂。」
「啊哈——你說這話真有趣。」
「我拍攝的，是用來製作靈異照片的風景照。」
雖然這是難以向人啟齒的嗜好，但如果對象是像她這樣的鬼魂，就算說出來也無妨。於是我決定告訴她我的嗜好，悠川一臉感佩地專注聆聽。
「你合成的鬼魂不是真的鬼魂，而是你家人的照片是嗎？」
「沒錯。這種嗜好很噁心對吧，我也有這樣的自覺。」
她盤起雙臂，注視著相機，一副若有所思的模樣。過了一會兒，她舉手喊道「好！」。
「烏丸先生！我也想入鏡！」
「不，應該沒辦法吧。」

「為什麼不行！我是真的鬼魂耶！」
我把相機對準她。按下快門時，她滿面笑容地比了個Yay的姿勢。
我原本心想，有鬼魂會擺出這種姿勢嗎？但還是不予理會。
「這昨天就知道了……」
剛才拍的照片顯示在液晶螢幕上。是很一般的風景照，沒拍出她。
因為她是鬼魂，所以拍不進畫面。
「這太不合理了……」
她垂頭喪氣。臉部被劉海遮住後，看起來倒是有幾分像恐怖電影裡登場的女鬼。我們所在的這條鐵路沿途的馬路，在與鐵路的交界處架有鐵絲網。腳下滿滿都是枯草，每當電車駛過，就會揚起一陣風，枯草隨風搖曳。
「為了消除心中的依戀，我常在想，要是能拍到有我入鏡的靈異照片就好了……」
她嘆了口氣。並不是真的從口中呼出空氣，就連嘆息也像是鬼魂的附屬品。

「妳放不下的事是什麼？」

「你願意聽我說嗎？」

她抬起頭，一臉很想傾吐的模樣。

「我還是別聽好了。」

「可是現在的氣氛，應該是會聽我說才對吧?!」

她開始自顧自地說起了她放不下的事。我不予理會，開始沿著鐵路走，拍攝風景照片，但她還是邊說邊跟了上來。她說的是去年夏天發生交通事故的經過，是很常見的男女吵架。

當時她似乎正與一位名叫高倉琢磨的男性交往。是大學的同屆學生，聽說腦袋聰明，長相和體格也都很突出。但去年夏天在他的住處，悠川看了他的手機。

「當時他的手機在解鎖狀態下擺在沙發上，我就這樣起了偷看的念頭……」

高倉琢磨的手機裡記錄了許多可以證明他劈腿的照片、電子郵件，以及LINE的對話。劈腿的對象是悠川的學妹，他們兩人在LINE上面的對話，似乎還對悠川百般嘲笑。之後悠川和他大吵一架，奪門而出。她因為邊走邊哭，一時沒注意到十字路口的燈號已經轉為紅燈。

「我因為對他的憤怒和懊惱而大哭，突然視野角落出現一輛卡車，緊接著下個瞬間便撞向了我。我就這麼死了。」

「那麼，妳放不下的事是……」

「我要對他復仇。話雖如此，只要稍微嚇嚇他就行了。要我什麼也不做，就這樣消失離去，我實在不甘心。」

她之所以希望我拍出有她入鏡的靈異照片，目的似乎就是要給他看，讓他心生害怕。對嘲笑她的高倉展開小小的反擊，想必就是她一直留在人世，不肯升天的原因吧。

快車發出隆隆聲響，從鐵路上急駛而過。

這種被附身的狀態如果一直持續下去，我將完全沒有私人時間。

當我窩在房裡合成靈異照片時，她一直跟我說話，也會造成我的壓力。我得讓她升天才行。當電車的聲響遠去時，我向她提議道：

「我明白了。我會幫忙的，讓妳放下妳放不下的事。」

「可是，你要怎麼做？」

「老樣子，用合成的。」

她是如假包換的鬼魂，相機拍不出來。但她剛好遇上了我，製作假的靈異照片，對我來說是家常便飯。

三

回家的路上，我在超商買了午餐。她在甜點區發現新上市的超商甜點，露出很想吃的神情。那是以櫻花為主題的甜點，賞花的季節就快到了。悠川走出超商，邊走邊說道：

「烏丸先生，你都不開伙嗎？」

「因為我不會煮飯。」

「煮煮看嘛，我會在一旁指導你的。」

「妳的好意我心領了。對了，悠川小姐，妳生前使用手機嗎？」

「那是我的必需品，我甚至都用手機寫報告呢。」

「妳用手機拍攝的照片都怎麼處理？有一種會自動儲存至雲端的服務，妳有用嗎？」

有個人在巷弄裡與我擦身而過，朝我望了一眼。對了，周遭人好像看不到悠川。此時的我看起來一定像是個邊走邊自言自語的怪人吧。

嗯——我有用嗎——她盤起雙臂沉思。

回到公寓後，我啟動休眠狀態下的電腦，試著查看幾個她用過的網路服務。她在某個社群網站上製作了相簿，上頭大量保存了她和朋友互動的照片資料。很好，這個派得上用場。我將照片全部下載。

「待會兒來挑選照片吧。用修圖軟體將妳的部分剪下，再用它與別的照片合成，就能做出靈異照片了。」

「原——來如此。」

「明明有正牌的鬼魂在此，卻要合成生前的照片，製作靈異照片，真不知道是在幹什麼。」

我燒開水泡麵。一邊吃，一邊逐一細看她生前的照片。每次照片放大顯示在螢幕上，她都會在一旁興奮地大叫。

「啊——好懷念啊！這家咖啡廳是在京都！我和朋友們一起去的！當時天氣很熱。」

每張照片都拍出女大生們開心雀躍的模樣。我明明沒問，她卻自己解說起照片來。例如這是在哪裡和誰一起拍的照片、當時吃的料理很可口、聊了哪些話，連一些細節的事她也記得一清二楚。起初我都當耳邊風，但聽著聽著心情也跟著愉悅起來。因為可從中窺見悠川的人生。她確實走過她的人生，曾歌頌過那段歲月。我感受到當中存在的真實感。

有時她會沉默不語，那是上面出現她男友高倉琢磨的照片時。他看起來確實是那種很有女人緣的男性，衣服的穿搭也頗有品味。只要看到他面露微笑，肯定幾乎每個女孩都會內心小鹿亂撞。照片中不光只拍到他，還有其他人。應該是大家一起用餐時，有人拍的照片吧。他就坐在悠川身旁，而坐他旁邊的另一名女孩，似乎就是他劈腿的對象。

「喝！」

悠川夕夏大喝一聲，一拳打向電腦螢幕。她的拳頭無聲地穿過螢幕畫面，打進背後的牆壁裡。希望隔壁鄰居沒有靈能感應，如果是看得見鬼魂的人，看到牆壁突然冒出一隻手來，應該會嚇一大跳。

隔天，悠川帶著我去買衣服。我們坐上電車，前往整排都是時髦店家的街道。除了我之外，沒人看得到悠川，所以在人多的場所，避開我的行人都陸續撞向她。就算撞上，他們也不會跌倒，直接從她身上穿過，所以完全沒問題。

「啊——我眼中的畫面一直在閃爍——」

每次有行人與她重疊，她就會閉上眼。她說如果睜著眼睛，有短暫的瞬間會看到穿過她的人體內的模樣，感覺很噁心。

「好了，我們到了。這裡就是現今年輕人流行的品牌店，我來挑適合你的衣服吧。怎麼了？你不進去嗎？」

她站在一家很有時尚感的店面前說道，但我就是無法邁步往前走。因為店內的服飾和店員看起來是那麼耀眼，感覺不是我該來的店。

「我、我不要，我不敢進去。」

「你在怕什麼啊？」

我對服裝向來不感興趣，我穿量產的便宜服飾就很滿足了。但這次是有原因的，我有必要在這種時髦的街道買時髦的服飾。為了要製作靈異照片，寄給高倉琢磨。

該合成怎樣的靈異照片呢？我們討論的結果，決定讓悠川的鬼魂出現在高倉琢磨背後的風景中，採用這種很傳統的合成照片。因此，我得同時使用兩張照片。

鬼魂方面的素材不成問題，可以用悠川存放在網路上的照片。她在照片中大多是面露笑容，這樣不適合鬼魂的形象，所以這些屏除不用。裡頭只有一張表情茫然的照片，我們決定就用它了。雖然是正面拍攝的照片，但似乎是拍攝者突然按下快門，所以她的眼睛還沒聚焦，這張照片好。

問題是高倉琢磨的照片。他的照片大多都會連同悠川一起入鏡，這是個大問題。應該是多人聚會時，朋友替他們拍的照片。悠川生前出現在照片裡，所以不能將悠川的鬼魂合成在照片中。當中也有高倉獨自入鏡的照片，但這同樣也不能用。

「這張照片我曾寄去給他過，也許他的手機裡還留有同樣的照片。」

不能使用他有印象的照片進行合成，這樣馬上就會穿幫，知道這是假照片。

因此，我們得到的結論是，應該重拍一張他的照片。要是悠川出現在她死後才拍的照片裡頭，應該會帶來莫大的震撼。但要怎麼拍到高倉的照片呢？聽說他現在就讀大學四年級。應該潛入大學裡面偷拍嗎？正當我們為此苦惱時，得知了某個消息。

我們查看他在社群網站上的日記後，得知再過幾天，他會聯合幾個不同的社團一起去賞花。也有其他大學的男女學生會前來，大家一起快樂地喝酒。

「我們就混進賞花的場子裡拍照吧。烏丸先生一定沒問題，你看起來還是很像大學生。」

因為有許多彼此沒見過面的男女聚在一起，所以就算我悄悄混進裡頭，想必也沒人會發現。我的計畫是假裝成要拍紀念照，將相機對準高倉琢磨。

「可是烏丸先生，你的穿著最好改一下。我每年都參加賞花會，但去那裡的人全是人生勝利組。要是你穿這身打扮去的話，反而會很顯眼。」

「我的穿著有這麼怪嗎？」

「感覺不像現在這個時代的大學生。有了，我們去買衣服吧！」

因為這樣的緣故，我被她帶到這條時尚的街道。

當我在店門前扭扭捏捏時，悠川一直嘮叨個沒完。不得已，我只好閉著眼睛衝進店內。我一邊在意店員的目光，一邊跟著悠川走。

「你看這件襯衫怎樣？有春天的味道，很不錯哦。」

她對這個世界無法做出物理性的干涉行為，所以就只是在一旁指著衣服對我說。我照她的指示拿起衣服靠在自己身上給她看。

「不錯呢，你在試衣間試穿看看吧。」

我不知道該怎樣與店員交涉才好，這時悠川在一旁給我建議。她教我該怎麼說，我只要照她說的話再講一遍就行了。最後我們成功買到了衣服。

買完衣服，接著上美容院。我平時都是去家裡附近的理髮店，但這次在悠川的建議下，我跟美容院約了時間。女性美容師請我坐進椅子，問我「想剪怎樣的髮型呢」。我照悠川的指示回答，美容師替我剪好髮型。

「烏丸先生，我覺得這髮型很適合你呢！」

我原本的蓬頭亂髮，現在剪得相當有型。走出美容院時，感覺整個人宛如重生。

「很開心對吧，烏丸先生。」

我一手拎著購物袋走在街上，悠川在我身旁說道。

「如果妳問我是開心還是不開心，那應該算開心吧。」

「你這個人真不坦白！接下來去咖啡廳喝咖啡吧。」

「妳不是不能喝嗎……」

「重點是氣氛！氣氛！」

我們走進一家很像女生會喜歡的咖啡廳。看在別人眼中，我應該像是獨自坐在座位上，真難為情。我事先讓對面椅子往後移一些，好讓悠川能坐進去。還跟店員扯謊道「待會兒會有人來」，要了兩杯水，在她面前也放了一杯。

「椅子的椅面或是椅背，妳就不會穿透過去，還有地板或地面也是。對了，我房裡的和室椅妳也能坐。」

「因為這種事很看氣氛嘛。」

我點的咖啡真好喝。坐我對面的她雖然什麼也不能喝，但她似乎很享受這樣的氣氛。我拿出手機，假裝小聲地和人講電話，就此與悠川展開對話。如果不這麼做，一定會被當作是個老在自言自語的怪人。我們聊到喜歡的音樂和電影之類的輕鬆話題，但一聊到靈異照片，我就講得眉飛色舞，都只有我在說。猛然回神，發現她似乎覺得很無趣。

「啊……抱歉。」

「雖然我現在已經算是長眠了，但還是差點就打起了瞌睡。你真的很喜歡這些呢，你有特別喜歡的靈異照片類型嗎？」

「應該是加入手的合成照吧。」

從家人的舊相簿裡擷取手的部分，重疊在別的照片上。我父親的手、母親的手、祖父母和哥哥的手……要使用臉來當素材時，我會進行修圖，讓人無法清楚看出五官，但如果是用手，則幾乎是保持原樣。色調如果能搭配合成的照片，自然更好。拜此之賜，我家人的手鮮活地出現在靈異照片中。

「因為做了許多合成照，所以現在我光看手的形狀，就知道那是誰的手。」

「烏丸先生，你的家人住哪兒？」

「他們全都在火災中喪命。老家也完全燒毀，什麼都沒留下。」

就只有當時就讀大學，獨自在外居住的我，沒被捲入那場火災中，因此倖存。從那之後，我的內心就變得很古怪。大學畢業後，一度到公司上班，但後來也辭去工作。

悠川望著我。

「我之所以會這麼沉迷於製作靈異照片，或許也是因為家人的緣故。」

讓家人變成鬼魂出現在照片裡，就像他們來和我見面一樣，我享受著這樣的氣氛，樂在其中。將陽間與陰間連結在一起，假裝我們一家人隨時都能見面。這就是我內心在追求的，用來對眼前的情況讓步的一種儀式。

那天的晚餐，我請悠川在一旁指導我，試著自己下廚。我在超市買回食材，自己煮飯、煮馬鈴薯燉肉和味噌湯。熱騰騰的飯菜熱氣直冒。

「就像在老家一樣。」

「不過，這是我們悠川家的調味方式。」

她坐在我對面，開心地看我吃。

四

賞花的會場位於離都心有段距離的一座公園裡，這裡是賞櫻的知名景點，每年都有大批人潮前來。那天晴空萬里，是不必穿外套的好天氣。從車站到公園的這段路，超商和餐飲店門口都設置了臨時的收銀機，向賞花的客人販售冰啤酒和瓶裝茶。

我們一抵達公園，在我身旁的悠川馬上大聲喊道：「哇——！好酷哦——！」雖然實在很吵，但只有我摀著耳朵，周遭人都聽不到她的聲音。公園內有座形狀複雜的池塘，周邊種滿了櫻樹。盛開的櫻花映照在水面上，整體看起來宛如一隻巨大的怪獸，充滿驚人的異樣氣勢。好久沒像這樣好好賞櫻了，我拿起掛在脖子上的相機，拍了好幾張風景照。我沒想到靈異照片的事，單純只是想拍照。

在池邊的廣場，人們鋪上塑膠布，飲酒作樂。雖然現在還是下午時分，但已經有人喝得滿臉通紅，直接躺在地上。上班族、大學生、親子、情侶、日本人、外國人，大家似乎都很歡樂。櫻枝延伸到我頭頂上，形成一大片的花瓣天幕。悠川抬頭仰望，原地轉了一圈。

「真壯觀，看得我頭昏眼花，美得教人失了魂。」

「妳的靈魂早就脫離肉體了吧。」

「啊，找到了。喏，就在那兒，大家都在。」

悠川指著池畔的一個區塊。有一群年輕人鋪了塑膠布占了一大塊地，在那裡舉辦酒會。不光罐裝啤酒，也有紅酒和香檳，他們都坐著暢飲。是一群打扮入時的大學生。

「哇——！好懷念啊！大家都好久不見了！」

悠川發現好幾位生前認識的朋友，叫喚著他們的名字，還走近他們，在他們面前揮手，但他們都沒注意到她的存在。她還試著擁抱他們，但像煙霧般的她，直接穿透而過。這場聚會來了相當多人，五十多人混雜在一起。我四處找尋高倉琢磨，但一直找不到人。可能會晚點才到吧。

悠川似乎稍微冷靜了些。她以沉穩的模樣，開始一一跟生前的朋友說話。從我的位置聽不到她說了什麼，但她的模樣深深吸引了我。她這樣的舉動，搭配背後一路連往池畔的櫻樹，感覺就像陰間與陽間交疊在一起，陰陽兩地相通般，散發一股幽渺之氣。正當我看得出神時，當中的一位大學生跟我搭話。

「你是我們社團的社員嗎？」

來者是一位模樣輕浮的男子。正當我不知如何答話時，悠川倏然湊近，朝我低語道：

「他是負責活動企劃的梅津同學。請假裝你去年也參加過，你可以試著問他今年要不要表演他自創的饒舌歌。」

我決定依言而行。

「你是梅津同學吧？你今年也會表演饒舌歌嗎？我很期待呢。」

他聽了之後瞪大眼睛，一臉喜不自勝的表情，扭動著身軀。

「別這樣啦！怪不好意思的——！」

他認定我是同伴，遞了一罐啤酒給我。這裡似乎是採會費制，要先支付數千日圓。當我坐進角落的座位時，坐附近的男女開始向我搭話。「你念哪一所大學？」、「是哪個學院的？」我夾雜著謊言回答。雖然我不擅長與陌生人交流，但這次沒搞砸，勉強和眾人聊了起來。也因為喝了點酒，光是適時地附和幾句，眼前的局面也就應付了過去。但這時候，突然有人向我喚道。

「咦？烏丸學長，你也來啦？」

一名拿著罐裝啤酒的女孩站在一旁。她看到我，露出驚訝的表情。她剪了短髮，和我記憶中的她不一樣，我一時沒認出來，但我對她的五官有印象。

「你這身打扮是怎麼回事！整個人感覺變得很不一樣呢！」

她是我大學時代的學妹。她像貓一樣，靈活地避開人群，坐向我身旁。

「好久不見了，沒想到在這種奇怪的地方偶遇。」

「怎麼會呢，是我邀你來的好不好。」

「咦？」

「你明明回覆說不來的，是想給我個驚喜嗎？」

經這麼一提才想到，不久前，這位學妹曾寄郵件來邀我參加聚會。我只知道是一場男女皆有的聚會，連詳細內容也沒看，直接就回絕了，看來，似乎碰巧就是這場賞花會。她還在就讀大學，她和企劃這場活動的社團也有往來嗎？搞什麼，原來我不用辛苦混進來，也可以正大光明地參加嘛。

我已經有一年半沒和這位學妹見面了，久沒見面，她變漂亮了。站在我視野角落的悠川一直盯著我們瞧，一副很感興趣的模樣。

「學長，看你好像過得不錯，真是太好了。之前你一直抑鬱寡歡，我很擔心呢。」

「我哪裡過得不錯啊，我現在還被鬼魂附身呢。」

「你少開玩笑了。」

她朝我肩膀用力一拍，這位學妹有時就是太活潑了點。我們聊了好一會兒後，她被其他朋友叫去。她向我知會一聲後站起身，再度像貓一樣避開人群，逐漸遠去。我轉頭一看，只見悠川雙手交握擺在胸前。

「加油，烏丸先生！」

「咦，加什麼油……？」

我不懂她的意思，便反問她。根據她的看法，她認為這位學妹對我有意思。這是不可能的事，所以我聽了之後並沒當一回事。

梅津同學自己創作的饒舌歌實在很糟，所以我決定到附近走走。拍了一會兒櫻花的照片後，我回到席間，終於看到我們鎖定的人物。

高倉琢磨帶著一名女孩抵達會場。之前看照片看不出來，原來真實世界裡的他，擁有模特兒般的高眺身材。參加這場聚會的同伴紛紛圍在他身旁，感覺大家都很仰慕他。

「妳不打他一拳嗎？妳現在要怎麼揍他都行哦？」

我對悠川說道。她臉上的表情消失了，她的視線朝高倉和他身旁的女孩傾注。經這麼一看才發現，悠川存放在社群網站上的照片裡，也有這個女孩。是那名橫刀奪愛，和高倉暗地裡嘲笑她的女孩。

高倉琢磨開始喝酒後，過了一段時間，我一邊拍眾人的照片，一邊朝他在的那群人接近。高倉發現我拿著相機，自己主動對我說「幫我拍、幫我拍」。這樣正好，我以他和靠在他身邊的女孩為中心構圖，成功拍了幾張照片。這段時間，悠川一直與我們保持一段距離，像戴著能劇面具一樣，毫無表情地望著高倉他們。我對她說「結束了，我們回去吧」，她不發一語地跟在我身後。

回家後，悠川恢復原本的笑臉，我因此鬆了口氣。我將拍攝的照片檔案存進電腦，馬上著手合成靈異照片。這是我已反覆做過不下數千次的作業，所以只算是小菜一碟。我將悠川合成到高倉和那名他劈腿的女生背後。

這當中也有一個令人傷腦筋的問題，那就是悠川的素材要修圖到什麼程度才夠。如果是平時，我會加以模糊處理，到看不出原本長相的程度，還會在眼睛塗上暗影。但這次要是修得太過火，不就會讓人認不出這是悠川嗎？所以不能過度修圖。我調整顏色，讓輪廓稍微變得模糊。悠川那眼神沒聚焦的模樣混雜在櫻花的景致中，朦朧的身影呈現一種美感。這群喝醉酒、歌頌人世之美的年輕人，都沒發現她站在背後。

「好，完成了。」

我拿給悠川看，她似乎也很滿意。過了一會兒，我一再確認照片中沒有破綻後，將照片透過社群網站傳給高倉琢磨。「這是我白天拍的賞花照片，拍出了令人在意的東西……」，我還一併附上一段像是要與他討論的文字。照片用我的帳號寄出，所以會讓人知道我的身分，但應該不會有問題。因為是學妹正式邀我參加，所以我在現場幫大家拍照，也是很自然的事。他看到照片後，不知道會是什麼表情。是感到害怕？

想起那位過世的女孩？還是會對自己的行徑感到後悔？

悠川不發一語地站在房內，和剛才我合成的那張照片一樣，一副眼神沒聚焦的模樣。我看了她之後心想，她這樣真的就是如假包換的鬼魂呢。

我倒向床鋪。

「啊，好累，我小睡一下。」

隔天我醒來時，她已不在了。

我前往她喪命的十字路口，試著叫喚她的名字，但她沒在那裡。可能是我寄靈異照片給高倉時，她心中放不下的事就此消除了吧。沒能好好和她道別，我覺得有點遺憾，但如果她能就此順利地升天，我應該替她高興才對。我面朝當初和她相遇的地點說道：

「再見了，悠川。」

我再也不會見到她了。有一段時間，連我自己也這麼想。

櫻花散落，連日陰雨。某天晚上，我在公寓裡沖完澡，鑽進被窩，正昏昏欲睡時，耳邊傳來一個聲音。

「好久不見了——烏丸先生！」

但我無法回應。因為我正被鬼壓床，完全無法動彈。

鬼壓床不算是靈異現象，是睡眠時的全身乏力與意識清醒，兩者同時發生的一種狀態。聽說疲憊時特別容易發生，而那天我確實很累，可能是因為我穿著西裝，為了參加求職活動而走了許多路。我想起身，但使不上力。

「哦，鬼壓床是吧。我生前也常這樣，好懷念啊。」

是悠川夕夏的聲音，沒錯。我想睜開眼睛，但抬不起眼皮，無法確認。

「咦？你想上班工作啦？這件西裝很好看呢，雖然感覺是便宜貨。」

我面試穿的西裝，用衣架掛在牆上。我在眼皮底下想像悠川盤起雙臂看著西裝的模樣，用不著補上一句便宜貨吧。更重要的是，妳為什麼會出現？妳不是升天了嗎？

「烏丸先生，請你就這樣閉著眼睛聽我說吧。我今天是來向你道謝的，前些日子真的很謝謝你。我一直在想，有什麼是只有我能做，又能對你有幫助的事。後來我想到了，馬上決定採取行動。你稍等一下哦，因為待會兒大家就會來了。我在這裡只會礙事，所以我先走了。烏丸先生，雖然這段時間很短暫，但我很開心。請保重身體，好好活下去。」

處在鬼壓床狀態下的我，感覺到有個冰涼的東西碰觸我的臉頰。是手指嗎？是悠川在碰我嗎？可是像煙霧般的悠川，應該無法進行物理性的干涉才對。這全是一場夢嗎？還是說所謂的鬼壓床，果然是一種靈異現象，我的身體現在處在略微脫離人世的位置，所以她也能碰觸我？臉頰上感覺到的手指觸感消失了。

接著我等了一會兒，鬼壓床還是沒有解開的跡象，也沒聽到悠川的聲音。那麼，我就直接這樣入睡吧。正當我這麼想的時候，突然有人輕撫我的頭。我採仰躺的姿勢，在我額頭上面一點的部位，有個熟悉的撫摸觸感滑過。我少年時代的景象在我腦中擴散開來。以前和家人一起住在老家時，每當我哭泣，母親便常像這樣輕撫我的頭。為了充當靈異照片的素材，我從照片中剪下了她手的部分，所以才能明確地在腦中回想起她手的形狀。她的手朝我的頭撫摸了幾下後，改換別的手摸我的頭，也有人輪流把手放在我頭上。我認得這每一隻手，這是屬於誰的手，我心裡很清楚。雖然他們都靜默無聲，但感覺得出他們對我投來的慈愛。一股濃濃的安心感包覆著我，我就此不知不覺地入睡。

學妹寄郵件給我，經過幾次的通信後，最後我們一起外出看電影，那是最近剛上映的恐怖電影。離開電影院後，我們走進一家咖啡廳，面對面而坐。服務生送來的咖啡冒著騰騰熱氣，宛如白色絲綢般的熱氣，在熱氣流的作用下，旋繞而升，來到半途融入背景中，消失無蹤。我突然想起之前與悠川一起去買衣服，和自己下廚煮飯的日子。
「學長，你是不是遇上了什麼好事？」
「沒有啊。為什麼這樣問？倒是妳，現在變時尚了呢。當初大學時代常和我一起鬼混時，妳明明活像個土包子。」
「竟然說我像土包子！」
我們邊喝咖啡，邊聊電影的感想，以及大學時代的往事。當話題告一段落時，她像突然想到似的說道。
「對了，學長，之前賞花時，你拍了照片對吧？你知道高倉這個人嗎？」
「知道啊。」
「寄照片給他的人是你嗎？」
「嗯。因為照片上出現奇怪的東西，我覺得很恐怖，所以為了謹慎起見，就寄給他看。」
雖然他們兩人就讀不同的大學，但社團間的交流密切，所以靈異照片的事應該是傳進了學妹耳中。學妹露出略感畏怯的表情。

「果然是學長你拍的。照片中出現的人，好像一年前剛過世。雖然和高倉同學交往過，但當時對方採取很奇怪的分手方式……」

學妹告訴我和悠川夕夏有關的消息。我假裝不知道，靜靜聽她說。第三者口中提到的她，給人一種悲劇女子的印象。

「這麼說來，是那女生的怨念顯現在照片上嘍？」

「高倉同學和他現任的女友都覺得很可怕，最近雙方好像開始疏遠。」

記得我寄出靈異照片後，我的帳號也有收到他寄來的詢問信。他說那張照片很可怕，希望我能從電腦中刪除照片檔案。我沒特別回信，從那之後，我也都沒去看高倉的社群網站帳號，所以不知道他的近況。

咖啡已轉涼，不再冒出熱氣。

「好像是很驚悚的照片呢。」

學妹臉色發白。那張照片很驚悚？我對照片的印象，並不像她說的那麼嚴重。悠川混在櫻花景致中的身影，我沒做什麼修圖，甚至覺得別有一番美感。學妹再告訴了我一件事。

「這是我從一位和高倉同學走得很近的人那裡聽說的，聽說出現在背景裡的那張鬼臉……」

眼睛是空的，就像開了兩個洞一樣。

出處

然後變成熊熊……《怪與幽》vol.003 二〇二〇年一月號

冷靜偵探阿松・Returns……《達文西》二〇一六年五月號

家政婦……《怪談專門誌 幽》VOL.30

底片……《達文西》二〇一七年五月號

悠川小姐想入鏡……《怪談專門誌 幽》VOL.29

特別感謝

阿松製作委員會
星野源先生

□集滿4個印花贈品（二款任選其一）：

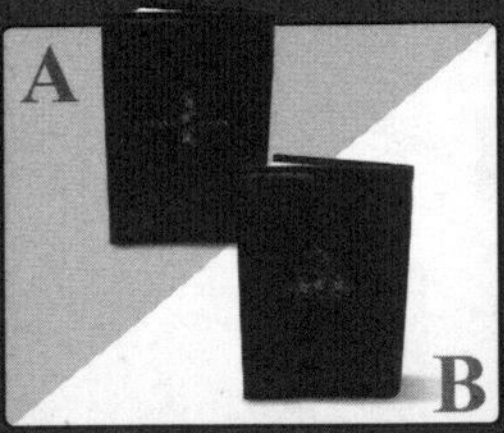

A：【推理謎】LOGO皮質燙銀典藏書套一個

（黑色，25開本適用，限量1000個）

B：【推理謎】吉祥物『獨角獸』圖案皮質燙金典藏書套一個

（咖啡色，25開本適用，限量1000個）

□集滿8個印花贈品（二款任選其一）：

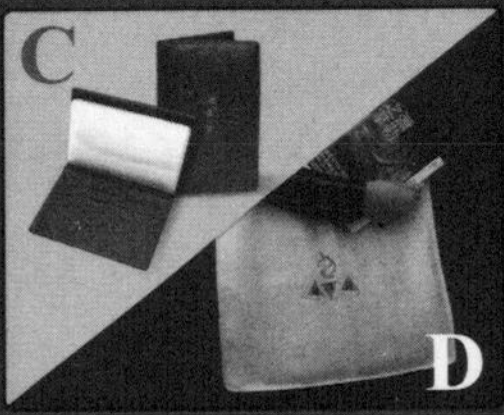

C：【推理謎】LOGO皮質燙金證件名片夾一個

（紅色，11.5cm x 8.6cm，限量500個）

D：【推理謎】吉祥物『獨角獸』圖案環保購物袋一個

（米色，不織布材質，41.5cm x 38.6cm，限量1000個）

□集滿12個印花贈品（二款任選其一）：

E：【推理謎】LOGO不鏽鋼繩鑰匙圈一個

（限量500個）

F：【推理謎】吉祥物『獨角獸』圖案馬克杯一個

（白色，320cc容量，限量500個）

謎人俱樂部會不定期推出最新限量贈品提供兌換，請密切注意活動官網和粉絲專頁。

【注意事項】

◎本活動僅限台灣地區讀者參加。

◎贈品兌換期限自即日起至2023年12月31日止（以郵戳為憑）。

◎贈品圖片僅供參考，所有贈品應以實物為準。

◎所有贈品數量有限，送完為止。如讀者欲兌換的贈品已送完，皇冠文化集團有權直接改換其他贈品，不另徵求同意和通知。贈品存量將定期在【謎人俱樂部】活動官網上公佈，請讀者在兌換前先行查閱或直接致電：（02）27168888分機114、303讀者服務部確認。

◎皇冠文化集團保留修改或取消謎人俱樂部活動辦法的權利。辦法如有更動，將隨時在【謎人俱樂部】活動官網上公佈。

國家圖書館出版品預行編目資料

違背再見的現象 / 乙一 著；高詹燦 譯. -- 初版. -- 臺北市：皇冠, 2023. 12
244面；21×14.8公分. --(皇冠叢書；第5128種)(乙一作品集；11)
譯自：さよならに反する現象

ISBN 978-957-33-4090-4 (平裝)

861.57　　112018588

皇冠叢書第5128種
乙一作品集｜11

違背再見的現象

さよならに反する現象

作　　者—乙　一
譯　　者—高詹燦
發 行 人—平　雲
出版發行—皇冠文化出版有限公司
臺北市敦化北路120巷50號
電話◎02-27168888
郵撥帳號◎15261516號
皇冠出版社(香港)有限公司
香港銅鑼灣道180號百樂商業中心
19字樓1903室
電話◎2529-1778　傳真◎2527-0904
總 編 輯—許婷婷
責任編輯—蔡承歡
美術設計—嚴昱琳
行銷企劃—薛晴方
著作完成日期—2022年
初版一刷日期—2023年12月

法律顧問—王惠光律師

讀者服務傳真專線◎02-27150507
電腦編號◎533011
ISBN◎978-957-33-4090-4
Printed in Taiwan
本書定價◎新臺幣340元/港幣113元

謎人俱樂部贈品兌換卡

我要選擇以下贈品（須符合印花數量）：□A □B □C □D □E □F

1	2	3	4
5	6	7	8
9	10	11	12

【個人資料蒐集、利用及處理同意條款】

您所填寫的個人資料，依個人資料保護法之規定，皇冠文化集團將對您的個人資料予以保密，並採取必要之安全措施以免資料外洩。您對於您的個人資料可隨時查詢、補充、更正，並得要求將您的個人資料刪除或停止使用。

本人同意皇冠文化集團得使用以下本人之個人資料建立該集團旗下各事業單位之讀者資料庫，做為寄送出版或活動相關資訊、相關廣告，以及與本人連繫之用。本人並同意皇冠文化集團可依據本人之個人資料做成讀者統計資料，在不涉及揭露本人之個人資料下，皇冠文化集團可就該統計資料進行合法地使用以及公布。

□同意　□不同意

我的基本資料

姓名：______

出生：______年______月______日　性別：□男 □女

職業：□學生 □軍公教 □工 □商 □服務業

□家管 □自由業 □其他______

地址：□□□□□ ______

電話：（家）______（公司）______

手機：______

e-mail：______

我對【乙一作品集】系列的建議：

寄件人：
地址：□□□□□

北區郵政管理局登
記證北台字1648號
免 貼 郵 票
〔限國內讀者使用〕

105020
台北市敦化北路120巷50號
皇冠文化出版有限公司 收